野いちご文庫

ずっと前から、お前だけ。

miNato

STARTS
スターツ出版株式会社

contents

characters

Rei Hayama

羽《は》山《やま》怜《れい》

無表情で無愛想なクール男子。女子にはそっけないけれど、実は優しい。意外にも、好きな子がいるみたいで…？

Sui Misawa

三《み》沢《さわ》翠《すい》

サッカー部に所属している、怜の幼なじみ。明るくてオシャレなモテ男子。

Shu Hasebe

長《は》谷《せ》部《べ》 秋《しゅう》

進学校に通う、咲花と怜の中学の同級生。塾で再会してから、咲花とよく話すようになり…？

Hitomi Watanabe

渡《わた》辺《なべ》 瞳《ひとみ》

咲花の親友。おしとやかに見えるけど、好きな人には積極的。三沢くんが好き。

Sana Yukimura

雪《ゆき》村《むら》 咲《さ》花《な》

引っ込み思案で男の子が苦手。怜の生徒手帳に、写真が挟まっているのを見てから、怜のことが気になりだして…？

クールで
無愛想で
無口で
ぶっきらぼう

一匹狼だけど
友達がいないわけではなくて
存在感はバツグン
いつもどこか冷めた顔をして
人に興味がなさそうだったから
思ってもみなかった
きみに
好きな人がいるなんて
最初はただの好奇心
ううん、むしろ苦手だった

それなのに

新たなきみの姿を知るたびに
ドキドキするようになっていた
苦しくて、切なくて、悲しくて
違う
絶対に恋じゃない
好きなんて
そんなわけ、ない
「俺の好きな奴、誰だと思う？」

そんなの聞きたくない
聞かなくても知ってるもん
きみの好きな人が
私じゃないってことくらい

Dear ＊ 1

意外な顔を知りました

「咲花《さな》ちゃん、お願い！　今日の掃除《そうじ》当番代わってくれない？」

前の席に座る前野《まえの》さんは、振り返るや否《いな》や両手を顔の前で合わせた。

「今日はどうしても外《はず》せない用事があって、すぐに帰らなきゃいけないの」

申し訳なさそうに眉《まゆ》を下げる彼女は、クラスでも人気があるかわいくてオシャレな女の子。

「ダメ、かなぁ？」

潤《うる》んだ瞳でわざとらしい上目遣《うわめづか》い。

一見ぶりっ子にも見えるけど、前野さんがやるとイヤミじゃなくてサマになってる。

ふわっと甘い匂《にお》いまでして、女子力高め。

こうやってお願いすれば、周りがなんでも言うことを聞いてくれるとわかっている甘え上手《じょうず》。

「こんなこと頼めるの、咲花ちゃんくらいしかいなくて」

「いい、よ」

「ほんと？　やったー！　ありがとう」

前野さんはかわいく笑うと、早速帰り支度《じたく》に取りかかった。

ゆるく巻かれた茶色い髪《かみ》を耳にかけながら、机の中の物をカバンに詰《つ》め込んでいく。

「屋上掃除担当だから、よろしくね。バイバーイ」

「ユーリってば、また雪村《ゆきむら》さんに押しつけて～！　かわいそうじゃん」

「だって～！　早く行かなきゃゴウくんがうるさいんだもん。咲花ちゃんなら、快《こころよ》く代わってくれるしさっ！」

「まったくもう」

呆《あき》れ顔でため息を吐《つ》いたのは、前野さんの友達の土方《ひじかた》さんだ。

「アズサだってシンくん待たせちゃ悪いでしょ？　だからほら、早く行こっ」

前野さんに引っぱられるようにして、教室を出ていく土方さん。

ふたりともスラッとしていて、クラスの女子の中でもダントツに目立っている。

おまけに派手な男子のグループとも仲が良くて、よく一緒に笑いあっているのを見かける。

クラスでの地位は最上級《さいじょうきゅう》。

そんな前野さんに逆らえるはずもなく、彼女もそれをわかっているのか、こんなふうにお願いされるのは初めてじゃない。

できるだけクラスで波風を立てたくない私には、拒否権《きょひけん》なんて皆無《かいむ》。

そっとイスから立ちあがった。

放課後の教室には、まだクラスメイトがたくさん残っている。

そのなかで帰り支度をしている友達の渡辺瞳《わたなべひとみ》ちゃんの席まで行き、肩《かた》を叩《たた》いた。

「……ごめん。私、屋上掃除しなきゃいけないから、先に帰って」

「また前野さんに頼まれたの？」

「今日はデートなんだって」

「デート、ね。私も手伝うよ」

瞳ちゃんは心配そうな表情を浮かべながら笑った。

「だ、大丈夫だよっ。瞳ちゃんを巻き込むわけにはいかないもん。それに、今日は塾でしょ？　気をつけてね」

ガリ勉とまではいかないけど、分厚《ぶあつ》いメガネをかけた瞳ちゃんは、守ってあげたくなるような小動物系の小柄な女の子。

制服のスカートは膝《ひざ》下で、ノーメイク、背中まで伸びたおさげ髪。

見た目は地味な瞳ちゃんだけど、メガネを取るとパッチリ二重《ふたえ》のクリッとした目があらわになる。

実は愛らしい瞳ちゃんの素顔を知る人は、このクラスではたぶん私くらいだと思う。

中身は見た目と正反対で、サバサバしていて思ったことは口にだして言わなきゃ気がすまないタイプ。

だけどいつもニコニコしていて、とってもかわいい瞳ちゃん。

そんな私たちは三カ月前の高校の入学式の日に、席が前後だったことがきっかけで話すようになった。

会話を重ねるうちに好きな映画や本が同じだったり、音楽の趣味がかぶっていたり。なにかと共通点が多くて、打ちとけるのに時間はかからなかった。

なにより瞳ちゃんの前では飾らない自分でいられるので、一緒にいるとすごく楽だった。

七月初旬、天気は快晴。

気温はぐんぐん上がって、まだ梅雨《つゆ》明けしていないこともあり教室の中はムシムシしている。

私、雪村咲花は四月生まれの十六歳、高校一年生。

三カ月前に入学したばかりの高校で、今のところは平凡な毎日を送っている。

友達は多くもなく少なくもなく、クラスの中で多少嫌なことがあっても、愛想《あいそ》笑いを浮かべてやりすごしている。

そうしていれば、集団生活のなかでも目立ったり、あぶれたりすることはなくて楽だから。

成績は中の上。

とくに秀《ひい》でた才能もなく、みんなからすればその他大勢のクラスメイトのひとり。

私の位置づけはその程度。

だからいまだに私の名前を知らない人もいると思う。

だけど、それでいい。

目立ったり、注目されるのは好きじゃないから。

この高校の学力は普通だけど、制服のかわいさに憧《あこが》れて入学してくる子が多く、私もそのうちのひとりだった。

ベージュのブレザーと、赤いタータンチェックのスカート。

薄《うす》いピンク色のリボンが上下の制服にとてもよく合っていて、とにかくかわいいの。

チビで童顔な私に似合っているのかは疑問だから、考えないようにしているけど。

せめて、もう少し身長があればなぁ……。

全体的に女子力高めな女の子が多いなか、メイクの仕方もわからなければ、しゃれっ気もゼロ。

やっていることといえば、背中まで伸びた色素の薄い栗色の髪を、毎朝ドライヤーでブローするくらいだ。

パッとしない顔立ち。さえない自分。私は昔から空気みたいな存在だった。

「じゃあ私は帰るけど、なにかあったら遠慮《えんりょ》なく連絡してね」

「ありがとう。パパッと終わらせて、私も帰るね。バイバイ」

手を振ると瞳ちゃんも振り返してくれた。

そのあと屋上掃除を手早くすませ、再び教室に戻った頃にはもう誰の姿もなかった。

シーンとした静けさが漂《ただよ》っていて、なんだかいつもの雰囲気《ふんいき》とは違っている。

開けっぱなしになった窓から生温い風が入ってきて、髪を揺《ゆ》らした。

「あれ……？　なんだろう？」

ふと視線を落とした瞬間《しゅんかん》、教室のうしろのすみっこに、なにかが落ちているのが見えた。

そばまで行き、しゃがみ込んで手に取る。

「生徒手帳？　誰のだろう……」

勝手に中を見てもいいかな？

名前を見るくらいなら、いいよね？

クラスの誰かの落とし物なわけだし、名前だけ確認したら机にそっと返しておいてあげよう。

そう思ってページを開くと、まず目に入ったのは顔写真だった。

──ドキッ

手帳の中の彼は、どことなくクールな雰囲気で、無表情にこっちを見つめている。

「れ、い……くん?」

──羽山怜《はやまれい》。

それが彼の名前。

キリッとした奥二重の大きな目と、スッキリ通った鼻筋、色気を漂わせる薄い唇《くちびる》。

写真の中でも、怜くんは人を寄せつけないようなオーラを放《はな》っている。

その時、教室に強めの風が吹き込んで生徒手帳のページがパラパラとめくれた。

そのはずみで、ページからひらひらとなにかが落ちて。

ん……?

「写真……?」

何気なく手に取って、目をやる。

それは、生徒手帳の大きさに合わせて周りをカットした写真だった。

──ドキン

え……?

なんで?

どうして……怜くんがこの写真を？

それは、春のオリエンテーションの時にカメラマンさんが撮ってくれた、私と瞳ちゃんと前野さんと土方さんが写った写真。

くじ引きでたまたま同じ班になった私たち四人が、青空をバックに横並びになって笑顔でピースをしている。この時の私はすごく緊張《きんちょう》していて、笑顔がとてもぎこちない。でもすごく楽しかったから、一生懸命《いっしょうけんめい》笑ったっけ。

しばらくの間、じっと見入ってしまった。

「おい」

どれくらいそうしていたのかはわからないけど、背後から低い声が聞こえて我に返った。

「!?」

振り返ると目の前に怜くんがいて、ビックリした私は目を白黒させてしまう。

気だるそうな雰囲気を放って、おまけに目つきが悪いからにらみつけられているような気分になる。

ど、どうしよう……。

顔が、見られないよ。

「それ」

「え……？」
怜くんの涼しげな瞳が私の手もとに向けられた。
今手にしているのは怜くんの生徒手帳……そして、写真。
「なに勝手に見てんだよ」
「あ……えっと……」
緊張から口ごもって、うまく声が出ない。
視線を泳がせる私を見て、怪訝《けげん》な表情で眉を寄せる怜くん。
彼は背が高くて小顔で、おまけにスタイルもよくて。
俗《ぞく》にいうイケメン。
どうしよう。なにか言わなきゃ。
人の秘密をのぞいてしまったみたいで、とてつもない罪悪感に襲《おそ》われる。
うつむくことしかできなかった。
なにも言い返せない。
なんだか胸が痛くなってきたよ……。
こんな写真を持っているってことは、きっと私たちの中に好きな人がいるってこと
……だよね？
そうじゃなきゃ、他人の、ましてや女子の写真なんて持ち歩いたりしないはず。

「勝手に見てんじゃねーよ」

どこか怒《いか》りを含《ふく》んだ低い声。

大きく息を吸い込んで、拳《こぶし》をギュッと握《にぎ》りしめた。

「ご、ごめんなさいっ……！　見るつもりなんてなかったんだけど！　落ちてたから、つい」

ドキンドキンと鼓動《こどう》が異常なほど速い。

どうしよう、どうしよう、どうしよう、どうしよう……っ！

ここはやっぱり、素直に謝《あやま》って許してもらうしかない。

勝手に見られて、明らかに怒ってる……よね。

背中に冷や汗がつたう。

「ほ、ほんとに……ごめんなさいっ」

張りつめた空気のなか、肩をすくめて頭を下げた。

私の怜くんに対するイメージは、いっつも気だるげでなにを考えているのか全然わからなくて。

何事にも興味がなさそうで、どことなくいつも不機嫌そう。

だから怖いとしか思わなくて、ついつい一歩引いてしまう。

「あ……えっ、と。ほんとにわざとじゃなくて」

「……じゃねーから」
「え……？」
聞きとれなくて、おそるおそる顔を上げた。
するとそこには、とまどうように瞳を揺らす怜くんの姿。
え？
えっ……？
絶対に怒っていると思ったのに、そんな表情には見えなくて拍子《ひょうし》抜けしてしまう。
動揺《どうよう》……。
その言葉がピッタリだった。
いや、でも、まさか。
いつもクールな怜くんが動揺してるなんて、ありえないよね。
視線をキョロキョロさせて明らかに挙動不審《きょどうふしん》で、そしてなぜか顔が赤い。
こんな怜くんの姿を見るのは初めてだ。
「雪村じゃねーから」
無愛想《ぶあいそう》にそれだけ言い、私の手からひったくるようにして写真と生徒手帳を奪《うば》った。
その時軽く指先がふれて、反射的に手を引っこめる。
ビクビクしている私を見て、怜くんはムッと唇をとがらせた。

だらしなくシャツを出して着崩した制服と、染めているわけではないサラサラのこげ茶色の髪、耳には小さな十字架《じゅうじか》のピアス。

授業の合間の休み時間はひとりでいることが多いけど、友達がいないわけじゃなく、好んでそうしているだけ。

クールな一匹狼《おおかみ》。

人と関わるのが嫌いっぽいのに、昼休みにはクラスの目立つ男子たちと雑談《ざつだん》して笑っている。

女子には素っ気なくて、ちょっと冷たい。

そんな男の子。

「雪村じゃ……ねーからっ」

念押しするようにそう言うと、怜くんはプイと背中を向けて早歩きで立ち去った。


次の日――。

朝、教室に入るのにこんなにハラハラドキドキするのは初めて。

昨日のことがあるから、なんとなく怜くんと顔を合わせにくい。

もう一度ちゃんと謝ったほうがいいよね？

昨日の態度からすると、許してくれたわけじゃなさそうだし。

そもそも、怒っているかもわからないのだけど。

「咲花ちゃん？」

――ポン
「ひゃあ！」

うしろから誰かに肩を叩かれて、背筋がピンと伸びる。

「どうしたの？　そんなところに突っ立って」

おさげ髪を揺らしながら、クスクス笑う瞳ちゃん。

そんな瞳ちゃんは、今日も最高にかわいい。

「お、おはよう。いろいろあってね……ちょっと入りにくくて」

「いろいろ？　大丈夫？」

「あ、うん」

いつまでもこんなところでビクビクしているわけにはいかない。

もう一度ちゃんと謝って終わりにしよう。

「一緒に入ろ。そしたら、大丈夫でしょ？」

「瞳ちゃん……」

……ありがとう。

いい子だな、瞳ちゃんは。

ドギマギしながらなんとか自分の席までたどり着き、ホッと胸をなでおろす。

どうやら怜くんはまだ登校していないようだった。

私の席は窓際のまん中で、怜くんの席は三列へだてたちょうど真横にある。

ちなみに、怜くんの前が瞳ちゃんの席だ。

チャイムが鳴る五分前、クラスメイトが次々とやってきて、いつものように騒《さわ》がしくなりはじめる。

「よう、怜。今日もギリギリだな」

「寝坊《ねぼう》した」

眠そうにあくびをしながら、朝からテンションの低い怜くん。

彼が席に着くのを、ソワソワしながら見守った。

その間怜くんがこっちを見ることはなく、いつもとなんら変わりのない風景が広がっている。

「怜、今日の帰りさー、カラオケ行こうぜ。隣のクラスの女子も一緒」

「はぁ？　だるいからパス」

「お前、この前も来なかっただろ。たまには付き合えよ。彼女がほしいと思わないのかよ？」

「めんどい。つーか、だるい」

いつもは聞こえてこない会話が、やたらと耳に入ってくる。

それだけ今は怜くんのことを意識してるってことか……。

っていうか、教室で話しかけるのはムリだ。

男子に声をかけること自体苦手なのに、相手が怜くんというだけでよけいにムリ。

「なんでだよー！　羽山二号はすっげー乗り気なのに。同じ名字《みょうじ》なのに、性格は正反対だよな」

「そうそう。こいつ、天使ちゃんに告《こく》られてもキッパリ断ってやがんの！」

怜くんの周りに男子たちが集まって、騒ぎたてる。

うちのクラスには羽山という名字の男子がふたりいて、怜くんのことは下の名前で、もうひとりは男子たちの間でなぜか〝二号〟と呼ばれている。

先生ですらそうなので、このクラスではすっかり定着してしまった。

だから私もこっそり『怜くん』なんて呼んでしまってるわけだけど。

当然ながら本人に向かって呼んだことはない。

というか、呼べるわけがない。

「怜は行かねーって言ってんだから、しつこく誘《さそ》うなよ。お前らだけで行ってこいって」

「いいよなー、モテる奴は。出会いを求める必要ねーもんな」

「はは、いいだろー？　ってことで、怜のことはあきらめろ」

怜くんをかばったのは、サッカー部に所属しているやんちゃ系イケメン男子、三沢《みさわ》翠《すい》くん。

三沢くんはとにかく明るくて、どんな時でも笑顔を絶やさない。誰にでも同じ態度で接し、一緒にいると場を盛りあげて笑わせてくれる。太陽みたいにキラキラまぶしい、クラスのムードメーカーだ。

イケメンで性格もよくてサッカーもうまいとくれば、モテないはずがなく。

毎日誰かに告白されている、らしい。

そんな三沢くんと怜くんは、中学の時からの親友ですごく仲が良い。

そして、実は私もふたりと同じ中学出身だったりするんだけど。

あいにく、ほとんど接点はない。

唯一あるとすれば、三年間ずっと怜くんと同じクラスだったということだけ。

それでもほとんど関わりはなかったけど、昨日の様子からすると名前は覚えてくれているみたい。

一時間目は美術だったので、ホームルームが終わると美術室へ向かった。

夏の日差しが降りそそぐ長い渡り廊下《ろうか》を、瞳ちゃんと並んで歩く。

天使の輪ができるほどツヤのある瞳ちゃんの黒髪が、日に透《す》けてすごく綺麗《きれい》。

「ねぇ、咲花ちゃん」

「ん？」

「好きな人、いる？」

「え⁉」

好きな、人……？

「めずらしいね、瞳ちゃんがそんなこと聞くなんて」

「えへ。入学して三カ月経《た》つし、そろそろ気になる人とかできたかなって」

恥ずかしそうに照れ笑いを浮かべる瞳ちゃんの横顔は、女の子らしくてとてもかわいかった。

「好きな、人……」

「うん。できた？」

「いきなり聞かれても……よく、わかんない、かな」

「ええ、なにそれ。曖昧《あいまい》だなぁ。気になる人は？」

正直、今までそういうことは考えたことがなかった。

というよりも、興味がない。

恋愛に対して、どこか冷めた部分が私の中にあるんだと思う。

カッコいい人がいるとドキドキするし、見とれることもある。

だけど、人を好きになるっていう気持ちがよくわからない。

男子ってなんとなく苦手だし、なにを話せばいいのかもわからない。

こんな私が誰かを好きになる日なんて、来るのかな。

「気になる人、できたら教えるね。それより、瞳ちゃんはどうなの？」

「えっ？　私？」

「できたの？」

「え、えっと……実は、その、あの。つい最近なんだけどね」

「えー？　誰々？　気になる」

「そ、それは……その」

まっ赤になってモジモジする瞳ちゃんは、恥ずかしいのかなかなか言いだせない様子。

だけど、何度か聞くうちに覚悟を決めたのか、「よしっ」と握り拳を作って気合いを入れた。

「あ、あのね……同じクラスの、三沢くん」

「えっ？」

瞳ちゃんが三沢くんを？

「いつも明るいでしょ？　それで、なんか自然と目に入っちゃって。笑顔が素敵《すてき》だな、カッコいいなって思うようになったの。教室にいる時はやんちゃだけど、サッカーしてる時はすごく真剣で、一生懸命で。そのギャップにやられたんだよね」

瞳ちゃんはちゃんと話してくれた。

なんだかこういう会話って女子高生っぽくて、楽しい。

今まで浮いた話なんてなかったからなぁ。

それにしても……。

「三沢くん、か」

「さ、咲花ちゃんは好きになっちゃダメだよ？　本気をだされたら、勝てっこないもん」

涙目で訴《うった》える瞳ちゃんは完全に恋する乙女の顔だった。

クリクリの目が潤んでいて、こんな顔を見るのは初めてだ。

「わ、私なんかが瞳ちゃんに勝てるわけないよっ」

「そんなことないよ。咲花ちゃんは自分で気づいてないだけで、すっごくかわいいんだから」

私がかわいい？

瞳ちゃん、目、大丈夫？

眼科《がんか》に行ったほうがいいんじゃないかな。

それはさておき、まさか瞳ちゃんが三沢くんをね。

確か……。

三沢くんには彼女がいるはず。

中学の時、サッカー部のマネージャーと付き合っていたような……。

かわいくて目立つ同じ学年の女の子だったから、顔は知ってる。

今も付き合っているのかな？

だとしたら、瞳ちゃんの失恋は確定なわけで。

ちょっとだけ複雑な気分。

「それでね、私たちって美術で三沢くんと同じ班でしょ？　ちょこっと協力してもらえないかなぁって」

「協力？」

「うん！　ほかのクラスの子に授業内容を聞いたんだけど、今日は人物画のスケッチらしくてね。班で男女のペアを組んで描きあうらしいの」

「つまり、三沢くんとペアになりたいってこと？」

瞳ちゃんは小さくうなずいた。

三沢くんと仲良くなりたいとがんばっている瞳ちゃんに、彼女がいるかもしれないとは言いだせなくて。

「いいよ……協力してあげる」

そう答えるしかなかった。

だけど、わずか十分後。

私は後悔することになる。

──シーン
静かな空間で、鉛筆をスケッチブックに走らせる音だけが響《ひび》く。

会話は一切ない。

さっきからチラチラと顔を見られるたびに、ビクッと肩が揺れて身体が萎縮《いしゅく》してしまっている。

目を合わせないようにすることに精いっぱいで、まともにスケッチなんかできないよ。

ああ、早くこんな時間なんか終わってしまえ。

苦痛で仕方ないんですけど。

一階の空き教室の中でふたり、微妙《びみょう》な空気に包まれている。

「おい」

──ドッキーン

「な、なに……かな？」

ヒクヒクと引きつる頬《ほお》をムリに上げて、笑顔を作った。

いつもならもっとうまく笑えるのに、今日はダメだ。

やっぱり、写真のことをまだ怒ってるとか？

「手、止まってる。さっきから人の顔見てビクビクしやがって。そんなんでちゃんと描けんのかよ」

髪をかきあげながら、呆れたようにため息を吐く怜くん。

どことなく冷たさを含んだ気だるげな瞳。

私の態度、失礼だったかな。

それに、昨日のことが重なってよけいに気まずい。

昨日のこと……謝らなきゃね。

「それと、その作り笑い。不自然だからやめろ」

「え？」

バレて、る……？

作り笑いだってこと。

まっすぐ射抜くような目で見られて、心の中を見透かされているような感覚に陥《おちい》る。

まるで丸裸にされているようで、居心地《いごこち》が悪いったらない。

怜くんに見つめられると、なぜか胸がザワザワして落ち着かなくなる。

必死になって張っている薄いバリアを壊されそうで、とても怖い。

すべてを見抜かれてしまいそうで息ができなくなる。

だから私は、よけいに怜くんが苦手なのかもしれない。

スッと顔から力が抜けていくのを感じて、下を向いた。

まっ白なスケッチブックには、なにも描かれていない。

「ごめんね……真面目に、やるから」

鉛筆を握りなおして、スケッチブックに向かった。

昨日から怒らせてばかりだから、いいかげんちゃんとやらないと。

気合いを入れて顔の輪郭《りんかく》から描きはじめる。

細かい部分は本人を見ないとわからないので、目だけを動かして怜くんを捉《とら》えた。

だけどさっきから同じタイミングで目が合い、とっさに私からそらしてしまっている。

また失礼な態度をとってしまっていることはわかっていたけど、怜くんはなにも言ってこなかった。

この空気、やっぱり苦手だな。

それを顔にださないように淡々と描き写し、終わった頃にはどっと疲れていた。

だけど我ながらうまく描けたと思う。

スケッチブックの中の怜くんを見て、出来《でき》あがりに頬がゆるんだ。

自慢じゃないけど、絵を描くことだけは得意なんだ。

それにしても。

描かれた怜くんはやっぱり無表情で、かったるそうな雰囲気を醸《かも》しだしている。

もう少し口角を上げてニコッとすれば、好感度も上がるのに。

なんて、そんな失礼なことは言えないけどね。

なにも言わないほうが丸く収《おさ》まるっていうことを知っている。

だから私は人が不快に思うようなよけいなことは、なにも言わない。

「できたのか？」

「え？　あ……うん」

短くそう返事をすると、怜くんは「そうか」とだけ言ってスケッチブックをパタンと閉じた。

どうやら彼も描き終わったらしい。

「じゃ、じゃあ美術室に戻ろっか」

描く場所は自由だったから、誘われるがままに空き教室まで来たけど、終わってしまえばもう用はないはず。

そそくさと立ち上がって、出ていこうとした。

「まだ三十分以上も残ってんじゃん」

スマホをチラ見したあと、机に頬づえをついて私の顔を見上げる怜くん。

「ここにいれば？　戻ったって、どうせやることないんだし」

「え……いや、あの」

ふたりきりの空間は居心地が悪くて、一刻も早くここから立ち去りたいんだけど
……。

とは言えず、この場から動けない。

ど、どうしよう……。

我慢《がまん》して言うとおりにするべき？

それとも、自分の意見を押しとおす？

「俺のことが嫌なら、べつにいいけど」

「い、嫌だなんて、そんなっ……！」

とっさにそう口にしていた。

苦手だけど、嫌っていうわけじゃない。

それに、怜くんもこんな私なんかといたくないかなって思っただけ。

「じゃあ、いれば？」

「う、うん。そう、だね」

結局逆らうことができなくて、ストンとイスに腰かけた。

嫌じゃないのかな。

私なんかと一緒にいるの。

昨日のこともあるし。

チラリと彼に目をやると、無表情にスマホをスクロールしている。

わ、まつ毛長っ。

男子なのに、お肌はキメが細かくて透きとおっている。

肩幅もがっしりしていて、腕《うで》には太い血管が浮きでて筋肉もついている。

男子のことをこんなにまじまじ見たことはなかったけど、やっぱり女子とは違うんだな。

って、当たり前か。

昨日とは打ってかわって、いつもどおりのクールな態度を崩さない怜くん。

『雪村じゃ……ねーから』

好きな人が私じゃないって。

そんなこと、初めからわかってるよ。

知ってるよ。

私、そこまでバカじゃないもん。

でも……。

怜くんの好きな人って……誰なんだろう。

苦手なのに気になるなんて、ヘンなの。

あんなに動揺してたってことは、きっとすごく好きなんだろうな。

前野さんかな……？

それとも、土方さん？

ううん、瞳ちゃんかもしれない。

私以外のみんなは、それぞれとてもかわいいもんね。

「なんだよ？」

「え……？」

「人の顔ジーッと見てるから」

「いや、あの、えーっと」

思わず目が合って、あたふたしてしまう。

怜くんのまっすぐな瞳に、ヒヤヒヤさせられた。

「言いたいことがあるなら、はっきり言えば？」

こうやって自分の意見をはっきり言って、私に言葉を求めてくる怜くん。

やっぱりなんとなく苦手だ。

でも、昨日のことはちゃんとしなきゃ。

気合いを入れて口を開いた。

「き、昨日のことだけど……私、誰にも言いふらしたりしないから」

「え？」

「えーっと、だから……昨日の写真のことだよ。誰にも言わないから」

怜くんの表情がみるみるうちに険《けわ》しくなっていく。
ヤ、ヤバッ。
よけいなこと言っちゃった？

墓穴《ぼけつ》掘っちゃった？

せっかく忘れてたのに、また思い出させちゃったかな。

「お、怒ってるみたいだったから、ずっと気になってたの。見るつもりなんてほんとになかったんだ。ごめんね……」

顔を見られなくて、下を向きながら話した。

肝心《かんじん》な時に人の顔を見て話せないのは、私の悪いクセだ。

見られているってわかったら、緊張してなにも言えなくなっちゃうから。

なんて臆病《おくびょう》な自分。怜くんの顔色ばっかりうかがってる。

「……べつに、もうなんとも思ってねーよ」

え……？

返ってきた言葉は意外なものだった。

「落とした俺も悪かったし」

「で、でも……」

わざわざ写真を見たのは私。

そのまま生徒手帳に挟《はさ》んでおくこともできたのに。

「マジでもういいから。つーか……そのことはもう忘れろ」

「あ……うん」

怜くんは忘れたつもりだったかもしれないのに、わざわざ蒸し返してしまった。

そりゃそうだよ。

もうふれられたくないよね。恥ずかしいよね。

ちょっと考えたらわかることなのに、考えが及ばなかった。

ごめんね。

心の中で謝りつつ、そっと視線をそらした。

訪れる沈黙《ちんもく》がとても痛い。

できれば早く美術室に戻りたいのに、時間はまだ二十分以上も残っている。

話題に困ることは目に見えていたのに、どうしてここにいることを選んでしまったのかな。

「あのさ」

「え……?」

「そんなにビクビクされたら、さすがの俺でも傷つくんだけど」

「あ、ご、ごめ……」

そんなつもりはなかったんだけど、居心地が悪いと思っていたのは事実。

無意識のうちに態度に出ていたのかもしれない。

まっすぐ突き刺すような冷静な視線に、ますます萎縮してしまう。

「あんまり目も合わせようとしないし、俺のことが嫌いなのは知ってるけど」

ギクリとした。

そんなに態度に出てたのかな?

でも、だけど。

「嫌い……じゃないよ。ただ、男の人に慣《な》れてないだけだから」

こう言っておけばヘンに思われることはないはず。

もちろん、本当のことだ。

「……ふーん。慣れてない、か」

無表情でも怜くんはイケメンで、だからこそ、その一挙一動に隙《すき》がなさそうで怖い。

スカートの上に置いた汗ばんだ手をギュッと握りしめる。

納得してくれたのかはわからなかったけど、怜くんはそれ以上は話しかけてこなかった。

どうしてこんなことになったのでしょう

「雪村ー、ちょうどいいところに」

昼休み、ちょうど職員室の前を通りかかった時だった。

担任の山川先生に手招きされて、嫌な予感を感じながらおそるおそる職員室に足を踏みいれた。

「夏休みの宿題を運ぶのを手伝ってくれ。各教科の先生から預《あず》かっていて、とてもひとりで運べる量じゃないんだ」

そう言って先生が指さしたのは、問題集が山積みされたデスク。

「これ全部ですか？」

その山は五つもあって、とても一回で運べる量ではない。

「それの一部だけでいいぞ。あとは男子に頼むから」

「わ、わかりました」

面倒《めんどう》だなぁ。

しかも、職員室から教室までは結構離れてるんだよね。

そう思ったけど言えるはずもなく、仕方ないかと思い直して、渋々《しぶしぶ》運ぶことに。
一階から二階、二階から三階へと階段を上る。
「はぁはぁ……」
だんだん腕がダルくなってきて、息切れまでしてきた。
さらには足もとがふらついて、まっすぐに歩けない。
なんでこんな大変なことを私に頼むかな。
たまたま通りかかっただけなのに、タイミングが悪すぎたよね。
それにしても……お、重い。
血流が悪くなっているんじゃないかと思うほどの圧《あつ》が腕にかかっている。
でも、もう少しだからがんばれ、私。
教室まであと一歩のところで、急ぎ足で教室から出てきた人と肩がぶつかった。
「う、わぁ」
ヨロヨロと足がよろけて体勢を崩す。
「わっ」
わわ、どうしよう……。
うしろに……倒れる！
でも、問題集だけは死守《ししゅ》しなければ……っ！

落とさないように腕に力を入れた。
だけど、もう……ダメ。
倒れるっ！
とっさにギュッと目を閉じた瞬間——。
背後に人の気配がした。
トンッという軽い衝撃《しょうげき》のあとに、背中全体に感じる体温。
うしろから抱きすくめるようにして、誰かが支えてくれたのだとわかった。
振り向いた私の目に飛び込んできたのは——。
「れ、怜、くん……！」
わ、わわ！
至近距離《しきんきょり》で目が合って、固まったまま動けない。
「大丈夫か？」
「え？　あ、うん……」
腰に回された腕が、しっかり抱きとめてくれている。
サラサラの怜くんの髪の毛が頬に当たって、顔が一気に火照《ほて》った。
——ドキドキ
やだ、なんでこんな時に……。

しかも、相手は苦手な怜くんだよ？

「雪村ー、マジでごめん。急いでて、思わず」

申し訳なさそうに眉を下げて謝るのは、怜くんの親友の三沢くん。

どうやら、教室から急ぎ足で出てきたのは彼のようだ。

「だ、大丈夫だよ……！」

「マジ？　チビだからぶっ飛ばされなかった？」

「う、うん……！　受けとめてくれたから」

チラッとうしろを見て、頬がカーッと熱くなる。

「おー！　こんなところで、怜のムダにデカい図体《ずうたい》が役に立つとはな！」

「おまえは……一言よけいなんだよ」

楽しそうに笑う三沢くんと、気だるげな表情を浮かべるクールな怜くん。

ふたりは対照的だけど、とても仲がいい。

「お前も……チビのくせに、こんなにいっぱい重いもん抱えてんじゃねーよ」

耳もとで低い声がした。

密着しているせいなのか、話す時の振動が伝わってドキドキする。

大きくてゴツゴツしてて、たくましい身体つき。

ほどよく筋肉のついた腕。

まうしろにいる怜くんに全意識が集中する。

ふれているところがジンジンして落ち着かない。

……熱い。

「おい、聞いてんのか？」

「え……？ あ、ご、ごめん……っ！ 先生に頼まれて……断れなくて」

責《せ》められているみたいに聞こえて、つい声が小さくなる。

うしろから突き刺すような視線を感じたけど、身体の火照りは収まらなくて。

「ご、ごめんね、もう大丈夫だから」

離れようとして身体をよじると、怜くんの腕はスッと離れた。

──ホッ
よかった。

密着したままだと落ち着かなくて、どうにかなりそうだったから。

「つーか、こんな重いもん女子に運ばせるヤマちゃんって鬼だなー！ なに？ 夏休みの宿題？」

明るく無邪気《むじゃき》に笑う三沢くん。

怜くんほどではないけど、男子っていうだけで身構えてしまう。

「う、うん。職員室にまだたくさんあるよ」

「うげー、マジか。宿題なんかいらねーのに。とりあえず、それゴミ箱に捨てない？」

「えっ⁉　いや、さ、さすがにそれは……どうかな」

「だーいじょうぶだって！」

「いや、あの……でも」

冗談、だよね？

「雪村、こいつは相手にしなくていいから。貸して」

「え……？」

やれやれといった表情で三沢くんを見たあと、怜くんは問題集の山を下から持ちあげるようにして、軽々と私の腕から奪った。

「教室に運べばいいんだろ？」

「え……うん」

そうなんだけど……。

テンパッている私をよそに、スタスタと何事もなかったかのように歩きだす。

その背中をポカンと見つめることしかできない。

「アイツにも、こんなに紳士的なところがあったとはねー。女子にはいっつも冷たいのに」

意外だとでも言いたそうにつぶやく三沢くん。

「………」

たしかに、三沢くんの言うとおり。

いつもクールで不機嫌な怜くんに、女子を気遣う優しい一面があるなんて思ってもみなかった。

抱いているイメージと違う行動を取られると、なんだか拍子抜けしてしまう。

「まぁでも、アイツは見かけはあんなんだけど、悪い奴じゃないからさ！　よかったら、これからも仲良くしてやって？　やべ、急がねーと！　呼ばれてるから、行くわ！　じゃあな」

三沢くんは無邪気な笑顔を残して、あわただしく走り去った。

仲良くって言ったって……。

中学の時から怜くんはどこか大人びていて、クラスでも静かなタイプだった。

特定の友達（主に男子のみ）としか話さず、周りを遠ざけていたように思う。

だけど存在感は抜群で、かえって目立っていたというか。

クールで冷たいところがカッコいいという女子が多く、昔からなぜかモテるんだよね。

女子にはそっけなくて冷たいから、女嫌いだともっぱらのウワサだった。

最近まで私もそう思っていたから、本当は好きな人がいて、その人の写真まで持ち歩いているなんて思ってもみなかったんだ。

「お昼休みの時、三沢くんとなに話してたの？」

放課後、学校を出たところで瞳ちゃんが聞いてきた。

私たちはお互い用事がない限り、駅までは同じなのでこうして一緒に帰っている。

「実は、あのね」

問題集を運ぶように担任の先生に言われたところから、三沢くんにぶつかったこと、怜くんが助けてくれたところまで順を追って説明した。

「え⁉　咲花ちゃんってふたりと同じ中学だったの？」

「そういえば、瞳ちゃんには言ってなかったっけ」

「初めて聞いたよ～！」

三沢くんが好きだという瞳ちゃんのカミングアウト以来、私たちの間でふたりの話題が出ることが多くなった。

だからかな。

最近怜くんのことを考える時間が増えたのは。

「三沢くんの中学時代ってどんな感じだった？　彼女とかいたのかなー？」

ワクワク、キラキラ。

たとえるならそんな感じで、瞳ちゃんの目が輝《かがや》いている。

トレードマークのおさげ髪も揺れていた。

三沢くんのことが気になって仕方がないらしい。

「今と変わらないよ。明るくて、みんなの人気者だった。彼女は……どうかな」

「えー、知らないの？　あれだけカッコいいんだから、絶対モテたよね」

「うーん……どうなんだろう」

曖昧にかわすことしかできない。

彼女がいるかもしれないなんて言ったら、きっと傷つく……よね。

「瞳ちゃんは、三沢くんの彼女になりたいの？」

「か、彼女……!?　めっそうもないっ！　私なんかが彼女になりたいなんて、厚かましいにもほどがあるよっ！」

ないないないない！と断固否定する瞳ちゃん。

普段サバサバしている瞳ちゃんがあたふたしている姿は、なんていうかかわいらしい。

「ただ、仲良くなれればいいかなぁって思ってるだけ」

仲良く、か。

いきなり彼女になるっていうのは、ハードルが高すぎるってことか。

もし三沢くんがフリーなら、瞳ちゃんなら全然問題なく狙《ねら》えると思うけどなぁ。

そんなに謙遜《けんそん》しないで、もっと自信をもっていいのに。

「ところで、咲花ちゃんの恋バナはー？」

「えっ？　ないよ」

突然、なにを言いだすの？

「怜くんに助けてもらったんでしょ？　ドキッとしたりしなかった？」

なにを期待しているのか瞳ちゃんはすごく楽しげだ。

「な、ないよ」

うそ。

ほんとはドキドキしたけど、恥ずかしくて言えるわけがない。

「いいと思うけどなぁ、怜くん。これから恋に発展する可能性は？　あ、それと実はね……」

恋に発展する可能性⁉

「そ、そんなの……ありえな」

テンパッていると、一台の自転車がスーッと横を通りすぎた。

「あ、ウワサをすればだね」

見覚えのあるうしろ姿と大きな背中。サラサラのこげ茶色の髪の毛。

怜、くん……？

「おーい、怜くーん！」

ドキッとしたのもつかの間、瞳ちゃんが大きな声を張りあげた。

ひ、瞳ちゃん……？

「待ってー！　止まってー！」

ええっ⁉

止まれって……⁉

ギョッとしながらその光景を見つめる。

「咲花ちゃん、ちょっと走ろう」

「え？」

瞳ちゃんは返事も聞かずに、私の腕をつかんで走りだした。

ええっ⁉

「ねぇ、怜くんってばー！」

呼び声に気づいたのか、数メートル離れた場所でキキィと音を立てながら自転車は止まった。

振り返った怜くんは、私たちに気づくとビックリしたように目を見開く。

そして綺麗に整えられた眉をひそめて、不思議そうな表情を浮かべた。

そりゃそうだよね。

親しくもないのに急に話しかけられたら、誰だってビックリするよ。

なぜだかドキドキしてるのは、瞳ちゃんが、恋に発展する可能性は？なんて言うから……。

そんなの、あるわけないのに。

「ひ、瞳ちゃ……待って……！」

「怜くんに三沢くんとのことを協力してもらうことにするね！　教室だと話しかけにくいし、今がチャンスじゃない？」

えー！

三沢くんの親友の怜くんに協力してもらおうなんて、サバサバしているように見えて、瞳ちゃんって大胆《だいたん》なタイプだったんだ？

男子にこんなに堂々と声をかけるなんて、すごい。

瞳ちゃんは私と同じで男子が苦手なんだと思っていたけど、違うのかな。

「それに、協力してもらうことでこっちも協力してることになるから一石二鳥だしね」

「え？　どういうこと？」

「えへへ、ヒミツ」

意味深《いみしん》に笑う瞳ちゃん。

「えー！　意味がわかんないんだけど」

「まぁまぁ、そのうちわかるよー！」

テヘッとかわいく舌を出しながら、瞳ちゃんはさらに私の腕を引っぱって、とうとう怜くんの目の前までやってきた。


「お待たせいたしました、フルーツミックスフラペチーノでございます」

「はーい、こっちです」

なぜ、こんなことになってしまったんだろう。

駅前のオシャレなカフェで怜くんと向かいあって座っているなんて、どう考えても信じられない。

隣にはフルーツミックスフラペチーノがきて、ニコニコ顔を浮かべる瞳ちゃん。お店の中は冷房が効いているというのに、なぜだかやたらと汗が出る。

「オレンジジュースのお客様」

「は、はいっ！」

テンパッた私は店員さんの声に、大きく手を挙げた。

その姿を見て、店員さんがクスッと笑う。

わー、恥ずかしい。

ピンと伸ばした手をおずおずとスカートの上に戻して、軽くうつむく。

すると目の前にオレンジジュースがさしだされた。

向かい側のテーブルの上には、アイスカフェオレが置かれている。

怜くんはだんまりで瞳ちゃんは上機嫌、なんともいえないこの微妙な空気感。

ものすごく居心地が悪いんですけど！

「で、協力してほしいことって？」

意外にも、沈黙を破ったのは怜くんだった。

淡々とした口調で、いきなり核心《かくしん》を突いてくる。

私はドギマギしながら瞳ちゃんをチラ見した。

クールな怜くんを前に、さっきと変わらない楽しげな横顔。

度胸《どきょう》あるなぁ。

「実はね……ダブルデートに協力してくれないかなぁと思って」

「ダブル、デート？」

眉をひそめる怜くん。

「そう！　私と咲花ちゃんと三沢くんと怜くんの四人で遊園地に行かない？」

「「え？」」

ひ、瞳ちゃん⁉

なに、言ってるの？

まさに寝耳に水。

思わず怜くんと声がかぶっちゃったよ。

でも、だけど、まさか！

ダブルデートだなんて……っ！

ムリムリムリー！

というよりも、怜くんだって協力してくれるわけがない。

面倒なことは嫌いなはずだ。

よく知らない女子ふたりと出かけるなんて、嫌だよね。それ以前に、瞳ちゃんと怜くんって、仲良かったっけ？

「夏休みがはじまる前の土曜日にでもどうかな？」

瞳ちゃんはひとりで話を進めながら、フラペチーノを口に運ぶ。

「あ、部活があるなら日にちを改めるからさ！　三沢くんに都合のいい日を聞いてみてくれない？」

絶対に断られないっていう自信があるのか、決定事項のように話す瞳ちゃん。まるで、仲良しの友達に話しているような雰囲気。私が知る限りでは、ふたりに接点はないはずだ。

「俺に翠を誘えって？」

「うん！」

「………」

無言でアイスカフェオレを飲む怜くん。

氷がカランと音を立てた。

終始《しゅうし》ビクビクしながら成りゆきを見守る私。

怜くんはなにを考えているかわからない、無表情を浮かべている。

こんなことに巻き込まれて、うんざりしているのかもしれない。

「ひ、瞳ちゃん、ほら、怜くんの都合も考えなきゃ……ね？」

それに私だって……。

正直、あまり乗り気じゃない。

「うーん、そうなんだけど。でも、怜くんは断らないよね？」

確信しているかのような自信に満ちた表情。

「行くよね？　怜くん」

瞳ちゃんはさらにいたずらっ子のように笑った。

「ねぇ、怜くんってば聞いてる？　仲良くなれるチャンスなんだよ？」

瞳ちゃんが迫《せま》るたびに、怜くんの眉がピクッと反応する。

ふたりってここまで仲が良かったの？

それとも瞳ちゃんが強引なだけ？

そりゃ瞳ちゃんは三沢くんと仲良くなれるチャンスなんだろうけど、怜くんにはなんのメリットもなくない？

瞳ちゃんは怜くんの顔色なんて気にもとめずに、押しが強くてビックリしてしまう。

怜くんが怒りだす前に、なんとか瞳ちゃんを止めないと！

「ほ、ほら、瞳ちゃん。あんまりしつこくしても迷惑だから……怜くんが行くわけないよ」

「行くから」

「ほらー、行かないって……えっ⁉」

「いや、行くから」

立てつづけに聞こえたのは瞳ちゃんのかわいらしい声ではなく、無愛想な低い声だった。

まさか。

い、今、なんて？

目を見開いて怜くんの顔を凝視《ぎょうし》する。

ムッとしているようにも見えるけど、なぜかほんのり顔が赤い。

瞳ちゃんの顔をまっすぐに見すえて、唇を一文字に結んでいる。

そんな怜くんは、今度は私に視線を向けた。

目が合った瞬間、ドキッとする。

「雪村は？」

「え……？」

「ダブルデート、嫌なの？」

「べ、べつに、嫌じゃないけど……」

行くの？

怜くんは嫌じゃないの……？

「じゃあ決定な。翠には俺から連絡しとくから」

えっ⁉

「そうこなくちゃ！　楽しみだな〜！」

瞳ちゃんがウキウキと声を弾《はず》ませる隣で、いまだに状況を飲み込めなくて固まる。

とにかく、落ち着こう。

そう思ってオレンジジュースに手を伸ばした。

ああ、でも。

緊張して手が震える。

嫌じゃない。

嫌じゃないけど……なんとなく乗り気じゃない。

楽しみじゃないとか、そういうことではなくて。

緊張する。

だって……男子と出かけるなんて初めてだし。

どうして、こんなことになってしまったのだろう。

断れない私のバカ。

大バカ。

でも、だけど……。

うれしそうにしている瞳ちゃんを見たら、私だけ行かないなんて言えなかった。

それからお店を出たのは三十分ほど経ってからで、あたりはすっかり夕焼け色に染まっていた。

駅の改札を抜けて、瞳ちゃんとはホームへ上がる階段のそばでバイバイした。

そこまではよかったんだ。

そこまでは。

「…………」

「…………」

地元が同じ怜くんとは、乗る電車も降りる駅も同じ。

面倒くさがりの怜くんは、駅から学校までの距離を歩くのが嫌で、自転車を最寄《もよ》り駅に置いているのだとか。さらには、電車を降りてから自宅までも自転車なんだとか。

カフェを出てから別々に帰るのは不自然で、なんとなくここまで一緒に来てしまったけど。

気まずい。

気まずすぎる。

なにを話せばいいの？

さっきまでは瞳ちゃんがいたから会話が弾んでいたものの、いなくなったとたんに沈黙が訪れた。

——まもなく一番線に電車が到着します。危険ですので、黄色い線の内側に——

「ムリに付き合わせたみたいで、悪かったな」

ホームのアナウンスが響くなか、透きとおるような低い声が聞こえた。

おそるおそる横を向くと、頬をかきながら真顔で私を見下ろす怜くんの姿。

「そ、そんなこと、ないよ」

「今もまだ俺のこと苦手？」

「え……？」

そのとおりなんだけれど、面と向かっては言えない。

言えるわけがない。

だから黙《だま》り込むしかなかった。

「苦手、だよな……でも、俺は誘われてうれしかった」

うれしかった……？

って、どうして……？

まじまじと横顔を見つめていると、次第に怜くんの頬が赤く染まっていくのがわかった。

「あ、いや……うれしいっていうのは、雪村がいるからって意味じゃねーし！」

そう言いながら耳までまっ赤になった怜くんは、私からパッと目をそらした。

そんなにムキになって否定しなくても、最初からわかってますよ？

私だって、自分の立ち位置くらい理解しているつもり。

自分がそんな対象になれるなんて微塵《みじん》も思ってない。

瞳ちゃんに誘われたから、うれしいってことだよね？

うん、絶対にそう。

それしかない。

怜くんの好きな人って……。

——ガタンゴトン

電車内は、サラリーマンやＯＬ、学生などであふれ返っている。

ふたりで乗り込んでからすでに三駅通過したけど、乗客は減るどころか増える一方。

今日は七時間授業で普段よりも学校を出るのが遅く、さらにはカフェで時間を取られたこともあって帰宅ラッシュと重なってしまった。

ぎゅうぎゅうの車内でドアを背にして立ちながら、カバンを胸に小さくなる。

人口密度が高くて、息苦しい。

「大丈夫か？」

頭上から怜くんの声が降ってきた。

「う、うん……！　さっきからごめんね」

電車が左右に揺れるたびに、身体の一部がふれる。

怜くんにぶつからないようにできるだけ身体を縮めてはいるけど、満員御礼《まんいんおんれい》の車内では無意味だった。

「いや、俺は全然……っと！」

その時、電車がカーブを通過した。

足に力を入れて踏んばり、なんとかやり過ごす。

けれどすぐ目の前に立つ怜くんが、人の波に押されて密着してきた。

ドアと怜くんにはさまれて、押しつぶされそうになる。

——ドキン
跳《は》ねあがる鼓動。

柔軟剤の香りなのか、フローラル系のいい匂いが鼻につく。

男らしく出っぱった喉仏《のどぼとけ》と引き締まった身体。サラサラの髪の毛。その隙間からのぞく十字架のピアス。

「わり……」

「う、ううん……!」

「大丈夫か?」

「う、ん」

私の顔の横に手をつき、上から見下ろされる。

整った顔がすぐ目の前にあって、見つめあっているというこの状況。

全身がカーッと熱くなる。

——ドキンドキン
この鼓動は自分のものなのか、はたまた怜くんのものなのか。

密着しすぎているせいでわからない。

「嫌、だよな……？　もうすぐ着くから、我慢して」

耳もとで囁《ささや》かれた声はとても優しくて、どこか遠慮がち。

本当に申し訳なく思ってくれているのか、腕に力を入れて、できるだけくっつかないように踏んばってくれているのがわかった。

さらに怜くんは目を合わせようとせず、ドアのガラス窓から外を眺《なが》めている。

「嫌じゃないよ」

「えっ？」

「怜くんのこと、そんなふうに思ってない。むしろ、ありがとう」

怜くんがいなかったら、チビの私は人の波に押しつぶされていただろう。

「べつに……礼を言われるようなことはしてねーし」

「そんなこと、ないよ。ありがとう」

まっすぐに目を見つめながら、微笑《ほほえ》んでみせた。

ぶっきらぼうでクールで無口だけど、本当はとっても優しい人。

じゃなきゃ、瞳ちゃんに合わせてカフェに付き合ったりしないよ。

ましてや、ダブルデートなんかしてくれるはずがない。

それがわかった今、怜くんへの苦手意識が少しだけ軽くなった。

「……バーカ」

そう言った怜くんの口もとがやわらかくゆるんでいるのを見て、なぜか胸が高鳴った。

もっと見せろよ

どうしよう。
すっかり遅くなっちゃった。
「はぁはぁ」
駅から自宅まで歩いて十分のところを、猛ダッシュで半分に縮めることができた。
閑静な住宅街の一軒家。
母子家庭の母娘三人が暮らすには、十分すぎるほど大きな家だ。
レンガ調の外壁に、門の横に備えつけられたインターホンと表札。
大きな門をくぐって十段ほどの階段を上ると、洋風の建物が姿をあらわす。
肩で息をしながら、額《ひたい》に浮かんだ汗をぬぐった。
リビングに電気がついているのを見て、心がズッシリ重くなっていくのを感じる。
なにも言われなきゃいいけど……。
そんなことを思いながら、玄関のドアを開けて家に入った。
「遅かったわね。なにしてたの？」

案《あん》の定《じょう》、リビングに顔を出した私にお母さんが尋ねた。

怒ってはいないみたいだけど、探るような目で私を見る。

「えっと……友達と一緒にいて、遅くなっちゃった」

えへっと愛想笑いを浮かべると、お母さんは真顔で大きなため息を吐いた。

「もうすぐ期末テストなのよ？　友達と遊ぶ時間なんて必要ないでしょ。学生の本業は勉強なの。咲花はお姉ちゃんと違って出来がよくないんだから、必死に努力しないといい大学に行けないのよ」

キビキビとしたお母さんの声が、胸に刺さる。

「わ、わかってるよ」

「わかってないわよ、咲花はなにも。今の時代は、女だってひとりで生きていけるようにならなきゃいけないの。そのためには学歴がすべてなのよ？」

お母さんはなにかと学歴に固執《こしつ》している。

女だって強くなきゃいけない。

ひとりで生きていく力を身につけなきゃいけない。

そのためにはいい大学に入って、一流企業に勤めること。

それなりのお給料をもらって、きちんと自立して。

男の人に頼って生きるのは、情けないことなんだって。

「結婚したって幸せになれるとは限らないの。女の幸せが結婚なんていうのは、大きなまちがいだわ」

四年前、私が小六の時にお父さんと離婚してからというもの、耳にタコができるほど聞かされた言葉。

離婚してからお母さんは変わった。

以前はもっとずっと優しかったのに、中学生になった頃から勉強のことをきつく言うようになった。

「聞いてるの？　努力してお姉ちゃんのようになりなさい。高校はダメだったけど、大学は絶対に同じところに行くのよ？」

眉をつりあげて声を荒《あら》らげるお母さん。

私の愛想笑いも、お母さんには効果がない。

「返事は？」

「はい……」

「さっさと着替えてごはんを食べなさい。そのあと、少しでも勉強するのよ？　いいわね」

そう言いのこして、お母さんはキッチンへと消えていった。

重い足取りでリビングを出ると、二階の自分の部屋へ向かう。

この家は……今の私にはすごく居心地が悪い。

着替えてリビングに行くと、ちょうどお姉ちゃんが帰ってきた。

三つ上のお姉ちゃんは、この春から都内でも有数の名門大学に通っているオシャレな女子大生。

「咲季《さき》ちゃん、おかえりなさい」

「咲花ー、ただいまー！」

性格は天真爛漫《てんしんらんまん》、スラッとしたスタイルに、背中まで伸びたストレートの黒髪が似合う、大和撫子《やまとなでしこ》風の美人。

咲季ちゃんは私の自慢のお姉ちゃんだ。

「あれー、どうしたの？　なんか元気ないね」

「え、そう？」

「さては、またお母さんになにか言われたな？」

「えへへ、バレちゃったか」

「咲花はすぐ顔に出るからね～！　なにがあったの？　話してみな」

いつも私の小さな変化にも気づいて声をかけてくれる、優しくて頼もしいお姉ちゃん。

昔から友達も多くて成績優秀、さらにはスポーツ万能、先生からの信頼も厚く、人望もある、絵に描いたような優等生だった。

何事にもテキパキしている咲季ちゃんはお母さん似で、おっとりした私はお父さん似。

完璧《かんぺき》な咲季ちゃんには、お母さんはなにも言わない。

中学生の時から、そんな咲季ちゃんを見習えと口を酸《す》っぱくして言われてきた。

だけど私は咲季ちゃんみたいにはなれなくて、お母さんの期待を裏切ってばかり。

「あら、咲季。帰ったの？　ちょうどいいわ。ごはんよ」

キッチンから顔をのぞかせたお母さんが、ニッコリ笑う。

「今日は咲季の好きなシーフードパスタよ。デザートもあるわ」

「ほんと？　やった！」

「さぁ、早くごはんにしましょう」

私には見せてくれないとびっきりの笑顔で、お母さんはたちまち上機嫌に。

咲季ちゃんは自慢の娘……だもんね。

「ほら、咲花も行こ」

私の肩をポンと叩くと、咲季ちゃんはお母さんに続いてダイニングキッチンに入った。

私もそのあとを追いかける。

いい匂いがあたりに立ちこめて、グーッとお腹が鳴った。

「咲花は食べ終わったらすぐに勉強するのよ？　いいわね」

「はい……」

わかってる。

お母さんは、私の将来を心配して言ってくれてるんだってこと。

だけど、でもね……。

時々、ものすごく窮屈《きゅうくつ》で逃げだしたくなる。

苦しくなる。

期待に添えない自分が嫌でたまらなくなる。

どうしたらうまくいくんだろう。

お母さんは、笑ってくれるんだろう。


次の日の朝。

駅のホームで電車を待っていると、少し離れた場所で気だるそうに立つ怜くんを見つけた。

ズボンのポケットに両手をつっこんで、眠そうにあくびをしている。

寝ぐせのついた髪がピョンと跳ねていて、思わず笑いそうになった。

あんな無防備な姿、初めて見たかも。

「あの人、カッコよくない？」

「え、どの人？」

「ほら、あそこ！　ポケットに手を入れて立ってる」

「あー、あの人たまに見かけるよね！」

「前からずっと気になってたんだよね。声かけてみようかな」

「えー、やめときなよ。相手にされないって！」

「でも、仲良くなりたいんだよね。あんなイケメン、うちの学校にはいないからさー！」

「あはは、いえてるー！」

近くにいた他校の女子生徒が、怜くんを見てきゃあきゃあ言ってる。

楽しそうだなぁ。

それにしても、他校の女の子からもモテるなんてさすがだ。

なんて思いながら、少しでも知識を詰め込もうとカバンの中から教科書を取りだす。

昨夜遅くまで勉強していたせいで、今日は寝不足。

だけど、時間がある時は少しでもやらないと。

テストの結果が悪いと、お母さんにがっかりされちゃうから。

「え？　ヤバい、なんかこっちに来てるんですけどっ！」

「ほんとだ！　うちらの声が聞こえたとか？」

「いやいや、それはないでしょ」

ああ、もう。

集中できない。

でもまぁ、ムリはないか。

こんなに騒がしいなかで勉強しようとするほうが、まちがってる。

「よう」

え……？

人の気配がして、教科書に向けていた視線を上に向ける。

れ、怜くん……!?

眠たそうな目で、静かに私を見下ろす彼。

「あ、お、おは、よう」

話しかけてもらえるとは思ってなかったから、完全に油断していた。

緊張して、顔が引きつる。

でも、よかった。教科書で半分顔が隠れているから、ヘンな顔を見られずにすんだ。

「カッコいいー！」

「ヤバぃー！」

周囲の女の子がコソコソ騒ぎたてる。

絶対に聞こえているはずなのに、怜くんはそんな女の子たちには目もくれない。

「朝から勉強とか、よくやるよな」

「わ、私、頭悪いから……！　っていうか、朝会うの、めずらしいね」

「あー、今日はなんとなく早く目が覚めたから、いつもより一本早いので行こうと思って」

「あ、そうなんだ。それと、昨日は急いで帰っちゃってごめんね」

昨日、怜くんとは地元の駅に着いたところでバイバイした。

あわただしく逃げるように帰ってしまったことが、ちょっとだけ気になってたんだ。

「家のほうは大丈夫だったか？」

「あ……うん」

気を遣わせたら嫌だから、そういうことにしておこう。

早く帰っても遅く帰っても、言われることは同じ。

テスト前だから、よけいに勉強しろって言われる。

将来の夢なんて、とくにない。一流企業に就職したいとか、いい大学に行きたいとか、まったく興味がない。

じゃあなにがしたいのかって聞かれてもわからないけど、お母さんの言うとおりにしなきゃダメだからやっているだけ。

そこに『私』は存在しないんだ。

「どうしたんだよ、ボーッとして」

「ううん、なんでもないよっ！」

顔をのぞきこまれてハッと我に返る。

キメが細かく整った肌と、澄《す》んだ綺麗な瞳。

なぜか妙にドキドキして落ち着かなくなる。


そのまま怜くんと電車に乗って、学校の最寄り駅までとくに会話することなくすごした。

車内には同じ高校の制服を着た生徒がたくさんいて、あからさまに見られたり、ヒソヒソ言われたり。

怜くんといると、やっぱり目立つみたい。

注目されるのは苦手だけど、不思議と嫌だとは思わなかった。

「こっからチャリだから、また学校でな」

「あ、うん……！」

改札を抜けたあと、怜くんは駐輪場へ、私は学校へ向かって歩きだす。
じとっとした夏の暑さと、ミーンミンミンと元気に鳴くセミの声。
もうすぐ夏休みか。
その前にはテストがある。
考えただけで気分が重くなった。
咲季ちゃんみたいになんでも器用にこなせて、頭がよかったら……。
なんの苦労もせずに、楽しくしていられるんだろうな。
もっと明るい性格だったら、怜くんとも、もっと仲良くなれるかもしれない。
もっと話せるかもしれない。
なんて、苦手なはずだったのに不思議。
もし、ああだったら……そんなことばかり考えてる。
私は……私自身がいちばん嫌い。
殻《から》に閉じこもって、ビクビクしてるだけの弱い自分が……大嫌い。

「こんな結果じゃ、とてもじゃないけど咲季と同じ大学には行けないわ。もっとがんばりなさい」
お母さんの厳しい言葉が胸に刺さった。

毎日夜遅くまで机に向かい、昼休みや登下校の時も単語帳や教科書を開いて必死に勉強した結果。

前回三百番台だった順位が、ぐんと上がって二百位以内に入ることができた。

それでも、お母さんは認めてくれない。

咲季ちゃんと同じ大学に行くには、この高校でトップを取るよりもむずかしいことなのだ。

だからたとえトップを取ったとしても、同じことを言われるんだろうな。

「お、お母さん……！　私、もっとがんばるから。だから、今週の土曜日は友達と遊びにいってもいいかな？」

「なに言ってるの。テストが終わったからって気を抜いちゃダメよ。遊ぶヒマがあるなら、勉強しなさい」

「……っ」

お母さんはいつもそればっかり。

どうして……。

咲季ちゃんはよくて、私はダメなの？

言いたいけれど言えない代わりに、拳をギュッと握りしめる。

苦しい、ものすごく。

「いい？　夏休みは夏期講習を申し込んでおいたからね。それと、家庭教師の先生にも来てもらうから、遊ぶヒマなんてないわよ」

お母さんは私の意見も聞かずに勝手にいろいろ決めてしまう。

お母さんの言うことは絶対で、そのとおりにすればまちがいないんだろうなって思うけど。

どうしてこんなに気持ちが晴れないんだろう。

どんより分厚い雲におおわれているように、重苦しくなっていく。

窮屈で、狭くて、流れの速い川の中を進んでいるような感覚。

どんなにもがいたって、流されていくしかない。

手をさしのべてくれる人は誰もいないから。

私の声は、誰にも届かなくて。

振り返ってもらえない。

うまく息つぎができなくて、ものすごく苦しい。

「お母さん、たまにはいいんじゃない？　咲花だって、息抜きしなきゃやっていけないと思うよ」

背後から咲季ちゃんの声がした。

部屋で勉強をしていると思っていたのに、どうやら私たちの会話を聞いていたようだ。

「そんなこと言ったって、咲花はあなたよりはるかに成績がよくないのよ？　ここで油断したら取り返しがつかなくなるわ」

お母さんの言葉に、胸がズキンと痛んだ。

そんなの、私だってわかってる。

でもね、私は咲季ちゃんとは違うんだよ。

「いいじゃない、たまには。咲花が友達と遊びにいきたいなんて、これまでに一度もなかったでしょ？」

「それは、そうだけど」

咲季ちゃんの諭《さと》すような優しい声に、お母さんは考えこむようなそぶりを見せる。

そして観念《かんねん》したというように、ハァと大きくため息を吐いた。

「仕方ないわね、行ってもいいわよ。ただし、土曜日だけだからね。夕方の六時までには帰ってらっしゃい」

「よかったね、咲花」

「あ、うん……」

咲季ちゃんの言うことには耳を貸すお母さんが、折れてくれた。

でも、なんだか、素直に喜べないのはどうしてかな。

——土曜日

『予定どおり、電車に乗ったよー！　いちばん前の車両にいるから、みんなでそこに来てね～　あー、ドキドキするー　今日は楽しもうね～』

地元の駅に着いたところで、ちょうど瞳ちゃんからメッセージが届いた。

文面からワクワクしているのが伝わってくる。

私はというと……緊張して昨夜はなかなか寝つけなかった。

「雪村ー！　はよーっす！」

「お、おはよう……！」

改札の前で元気に手を振る三沢くんに、ぎこちなく笑みを返す。

「今日マジ暑くねー？　天気よすぎな！」

三沢くんは朝だというのにテンションが高い。

三沢くんがひとりのところを見ると、怜くんは……どうやらまだみたい。

「雪村の私服初めて見たー。すっげー似合ってるじゃん」

「あり、がとう。お姉ちゃんのお下がりなんだけどね……」

薄めの色のタイトなジーンズに、胸もとにビジューがあしらわれた白のノースリーブと、グレーの七分丈《たけ》のカーディガンを組み合わせたコーデ。

咲季ちゃんのお下がりの中から、ファッション誌とにらめっこして必死に選んだんだ。

似合ってるって言ってもらえて、よかった。

「俺も俺も！　兄貴のお下がり。つーか、勝手に部屋から拝借《はいしゃく》してきた」

「え、大丈夫なの……？」

「大丈夫、大丈夫。俺が着たほうが似合うからいーんだよ」

悪びれることもなくあっけらかんと言う三沢くんに苦笑い。

ゆるめのジーンズに、白のポロシャツといったシンプルな組み合わせの三沢くんは、背が高いからなにを着てもよく似合う。

怜くんの私服はどんな感じなんだろう……。

「わり、遅れた！」

「おせーぞ、マジで」

「はぁはぁ、寝坊した」

——ドキッ

って、なんで私いちいち反応してるの。

怜くんはベージュのチノパンに半袖の赤のチェックのシャツを着て、髪型はいつもと同じ。

もっと落ち着いた黒とか茶色の服をイメージしてたけど、赤とか着るんだ？

見慣れないせいか、制服姿とは違った新鮮さがある。

ダブルデート……なんだよね。

ふたりともカッコよくてオシャレだから、引け目を感じてしまう。

私なんかが一緒でいいのかな。

だってほら、さっきから通りすぎていく女の子たちがチラチラふたりを見て頬を赤らめてる。

ふたりともスタイルがモデル並みで、ルックスもバツグン。

思わず誰もが振り返っちゃうほどカッコいい。

「よう」

「お、おは、よう……！」

「なにどもってんだよ」

「いや、あの……っ」

無表情にじっと見つめられてテンパる。

怜くんの瞳に見つめられると、意識しすぎておかしくなるっていうか……。

なぜか落ち着かない。

「中に入ろうぜ」

三沢くんの一言に、私たち三人は切符を買って改札を抜けた。

そして、瞳ちゃんが乗る電車を待つこと数分。

持ち前の明るさとおしゃべりが大好きな三沢くんのおかげで、気まずい沈黙が流れるという事態は避《さ》けられている。

「雪村とは同中だったけど、一緒に出かけるのは初めてだよな」

「あ……そうだね」

私は三沢くんや怜くんのように、キラキラした世界の住人じゃなかったから。

それは今も変わらないから、こうして同じ空間にいることがまだ信じられない。

「中学ん時は、あんま共通点なかったもんな。俺と怜はさぁ、幼稚園の頃からのくされ縁《えん》で、こいつの恥ずかしー話とかいっぱい知ってるわけよ」

「ヘンなこと言ってんじゃねーよ」

ヘラッと笑っておちゃらけモードの三沢くんと、怖いくらい冷静で淡々としている怜くん。

「怜はクールな感じを装ってるけど、実はかなりの小心者でさぁ。意外とシャイなところもあるんだぜ。それに、一途《いちず》だしなー？」

「おまっ、よけいなこと言うなっつーの」

「はは、焦《あせ》ってやがる」

「うっせー！」

ふたりは対照的に見えて、とても仲がいい。

三沢くんは怜くんのことをなんでもお見通しなんだね。

「安心しろよ、今日は俺が協力してやるからさ！　そのために来たわけだし」

三沢くんはニヤッと笑いながら、怜くんの肩に腕を回した。

「べつに……いらねーよ」

否定の言葉を口にしながらも、怜くんの顔はまっ赤。

ん？

ちょっと待って……。

えーと、一度整理してみよう。

三沢くんが今日ここに来たのは、怜くんに協力するため……？

怜くんは……瞳ちゃんのことが好きなんだよね。

怜くんと瞳ちゃんの仲を応援するってこと……になるのかな？

瞳ちゃんは三沢くんのことが好きなのに……ダメじゃん。

私は瞳ちゃんの協力をするために来たのに。

そもそも、怜くんは瞳ちゃんの好きな人が三沢くんだって知ってるんだよね……？

それなのに、瞳ちゃんに協力することを選んだの？

デートできるのがよっぽどうれしかったのかな。

この前、そう言ってたもんね……。

瞳ちゃんの応援はしたいけど、怜くんはふたりが仲良くするのを見るのはツライはず。

私は、どうすればいいんだろう。

うむむむむ。

あれこれ考えているうちに電車が来て、私たちは瞳ちゃんと合流した。

瞳ちゃんはガーリーな花柄のワンピースを着て、いつものおさげとは違ってふわふわの下ろし髪。

女の子らしくて、すごくかわいい。

ちゃっかり三沢くんの隣をキープして、女の子らしい笑顔を振りまいている。

三沢くんを好きだってことが、見ているだけでよくわかる。

はたから見たら、ふたりはすごくお似合いだ。

三沢くんと瞳ちゃんが会話を盛りあげてくれた。

私と怜くんはふたりの会話に相槌《あいづち》を打ったり、笑ったり、時々話に入ったり。

それでも怜くんはほとんど会話に入ることはなく、つり革につかまって、ただ遠くを見ているだけだった。

機嫌が悪いのかな……？

それとも……ふたりが仲良くしている姿を見たくないだけ？

「咲花ちゃん、お願いがあるの」

遊園地のチケットを買う列に並んでいると、瞳ちゃんがコソッと私に耳打ちした。

「途中《とちゅう》ではぐれたフリをして、私と三沢くんをふたりきりにしてほしいの」

一生のお願い！とでも言いたそうに、必死な形相《ぎょうそう》を浮かべる瞳ちゃん。

「わかった。途中ではぐれたらいいんだね」

「そう！　怜くんと一緒にね」

そう言われて、小さくうなずく。

瞳ちゃんはうれしそうに笑ったけど、怜くんの気持ちを考えると複雑だった。

「よーし、今日は乗り物完全制覇《せいは》してやるぜ！」

「私も私も！」

「おっしゃ、そうこないとな！　どれから攻める？」

「うーんと」

きゃっきゃっと騒ぐふたりを、私と怜くんは静かに見守る。

明るい音楽が流れ、たくさんの人でにぎわう非現実的な空間。

家族連れやカップル、友達同士の姿が多く見られる。

遊園地は久しぶりだし、ほんの少しだけ私も楽しみだったりして。

「ぷっ」

すぐそばでふきだす声がして、思わず振り返る。

すると、怜くんが口もとに手を当てて笑っていた。

「顔がゆるんでる。そんなにうれしいんだ？」

わ、恥ずかしい。

「う、うれしいっていうか……久しぶりだし、その。み、みっともないよね、高校生にもなって……っ」

顔がカーッと熱くなった。

怜くんはまだ笑っている。

「んなことねーだろ。アイツらを見てみろよ」

テンションが上がっている三沢くんと瞳ちゃんを見て、さらに目を細める怜くん。

知らなかった、こんなに優しく笑うなんて。

「楽しそうだね、ふたりとも」

「雪村は？」

「え？」

「楽しくねーの？」

「ううん、楽しいよっ！　れ、怜くん……っ」

怜くんは？

そう聞こうとして、思わず口もとを押さえた。

だって、楽しいはずがないもんね。

「俺が、なに？」

「あ、ううん……なんでもないっ。気にしないで」

「ふたりとも！！　早く！！」

瞳ちゃんに急かされ、私たちははしゃぐふたりのもとへ急いだ。

そして遊園地内を歩いて回る。

もちろん主導権《しゅどう》を握っているのは三沢くんと瞳ちゃんで、ふたりについていろんなアトラクションに乗った。

最初は緊張していたけど、だんだん楽しくなってきて。

久しぶりの遊園地にテンションは上がる一方。

人気のアトラクションは待ち時間も長かったけど、その時間さえもが楽しかった。

「ねー、次あれ乗ろうよ」

瞳ちゃんが指さしたのは空飛ぶじゅうたん。

「お、いいな。行くか」

ノンストップでどんどん突きすすむふたりは、長蛇の列の最後尾に向かって歩きだす。

正直、疲れたし休憩《きゅうけい》したいっていうのが本音だけど。

この雰囲気を壊すようなことはしたくないから、自分の意見は胸の中にとどめておく。

「あ」

メリーゴーランドだ。

乗りたいなぁ。

でも、並んでいる人は子どもや家族連ればかり。

瞳ちゃんや三沢くんも素通りして行ってしまったくらいだから、興味ないよね、きっと。

だけど私は絶叫系よりも、ゆったりした乗り物のほうが好きなんだよね。

乗りたかったなぁ……。

でも、言えない。

メリーゴーランドを横目に見つつ、通りすぎた。

「乗りたいんだ？」

「え？」

「いや、めっちゃメリーゴーランド凝視してるから」

「そ、そんなことないよっ！」

そう怜くんに言いあてられて、とたんに照れくさくなって否定してしまった。

だって高校生にもなってメリーゴーランドだなんて、恥ずかしすぎる。

「ふーん。つーか、ちょっと疲れねー？　アイツら、タフすぎるだろ」

お昼間近になってさらに気温も上がり、むせ返るような日差しが容赦《ようしゃ》なく降りそそいでいる。

「そ、そうだね。元気だよね」

額に浮かんだ汗を手でぬぐう。

どこかからセミの鳴き声も聞こえた。

もうすっかり夏だなぁ。

「俺らだけで休憩するか」

「え？」

突然の怜くんの提案にとまどってしまう。

いいの、かな？

だけど私も少し休憩したい。

でも、勝手に抜けちゃうのはどうなんだろう。

どうすればいいかわからなくて、オロオロしてしまう。

「俺、ああいう浮遊系の乗り物苦手だし」

眉を寄せながら嫌そうな顔をする怜くん。

自分の意見をズバズバ言って、とても正直な人だと思う。

「雪村も苦手だろ？」

「え……あ、いや」

自分の意見を述べるのは悪いことのような気がして、曖昧な態度を取ることしかできない。

この場合、合わせるのがいいのかな。

不快に思われないような返事をしなきゃ。

「わ、私は、乗れないことはない、かな」

そう返事をした時には、怜くんは売店に向かって歩いていってしまっていた。

「雪村も早く来いよ」

「え？　あ……」

「休憩しようぜ」

途中で振り返ってそんなことを言うから、とまどいながらもその背中を追う。

怜くんは自由奔放《ほんぽう》で、自分の気持ちに正直な人。

人に合わせることしかできなくて、人の顔色ばかりうかがっている私とは大違いだ。

私なんかといても、楽しくないよね。

なんて、ネガティブな気持ちになる。

つまり私は、自分に自信がないんだ。

昔からそう。

つまらない奴なんだ。

「なに飲む？」

「へっ？」

売店に着くと、怜くんが私の顔をのぞきこんだ。

その距離の近さに、思わずビックリして目を見開く。

整った顔立ちに、うっすらにじんだ汗。

不意にドキッとしてしまった。

「オレンジサイダーひとつと、雪村は？」

売店のおばちゃんに声をかけながら、もう一度そう聞かれた。

「あ……えっ、と」

うしろに列もできているし、早く決めなきゃ。

早く……。

焦りがつのっておどおどしてしまう。

飲み物ひとつすぐに決められないなんて、情けなさすぎるよ。

だけど私は「これがいい」とか「あれがいい」とか、自分の意見を言うのがすごく苦手。

「えっと……同じのでいいです」

結局いつも人に合わせてばっかりで、自分っていうものをもっていない。

決められたレールの上を歩いてきた私にとって、自分の意見を言うことは許されないことだから。

木陰のベンチに並んで座り、ジュースに口をつけた時だった。

「ほんとは炭酸苦手なんじゃねーの？」

怜くんがまじまじと私を見つめる。

「学校では甘いジュースばっか飲んでるだろ」

思わずドキリとしてしまった。

怜くんはどうして、そんなことまで知ってるの？

苦手とまで言いあててしまうなんて、人に興味がなさそうに見えて意外と観察眼が鋭いんだ。

それにしても、私ってそんなにわかりやすいのかな。

「そんなこと、ないよ」

どうして私は言い訳ばっかりしてしまうんだろう。

そんな私には構わず、怜くんは続けた。

「もっとさぁ、ほんとの雪村を見せてみろよ」

「え……？」

ほんとの、私？

「雪村は、ムリして自分の気持ちを押しころしてるように見える」

「…………」

どうして……怜くんには見抜かれてしまうんだろう。

「もうちょっと肩の力抜いて、楽に生きてみればいいんじゃねーの？」

楽に……って。

「雪村見てたら、人の顔色ばっかうかがって疲れねーのかなって心配になる」

胸にグサッとなにかが突き刺さったような気がした。

彼にはなにもかも見破られている。

そう思うと、とたんに顔がカーッと熱くなった。

「だから少なくとも、俺には遠慮なんかしなくていいから」

どうして私なんかのためにそこまで言ってくれるんだろう。

「俺、雪村が思ってるほど短気じゃねーし。たしかに無愛想かもしれないけど、それは単に仲良くなりたくない奴に愛想振りまくのが面倒なだけで」

怜くんがこんなにおしゃべりだなんて知らなかった。

自分のことを話してくれるなんて思わなかった。

知れば知るほど、自分の気持ちに正直でウソがないってことがわかる。

「つまり、その……なにが言いたいかっつーと、俺は、雪村と……」

そこまで言うと、怜くんはなぜか言葉を詰まらせた。

うつむき気味のその横顔は、暑さのせいなのかほんのり赤く染まっている。

「……仲良くなりたいんだよ」

「え……？」

「俺にはほんとの姿を見せてほしいっつーか。もっと打ちとけて話せたらって思う……って、なに言ってんだ、俺は」

普段クールな怜くんが、照れくさそうに自分の髪をクシャッとかきまわした。

仲良くなりたいって……私と？

どうして？

友達としてってことかな。

「べつにムリにとは言わねーし、少しずつでいいから」

こんなふうに言われたのは初めてで、どうすればいいかわからない。
今まで意見を聞かれたことなんてなかったから、よけいに。
「じゃあ、まぁ、とりあえず……メリーゴーランドにでも乗るか？」
頬をポリポリかきながら、怜くんが私をチラ見する。
メリーゴーランド……。
乗りたい。
でも、そう言っていいの？
ここまで言ってくれているのに、応《こた》えないなんてダメだよね。
ほんとは、私は誰かにこんなふうに言ってほしかったのかもしれない。
気持ちをさらけだしていいんだよって。
自分を見せてもいいんだよって。
だってほら、今こんなにも心が震えてる。
こんな感覚は初めてだよ。
「乗り、たい」
小さな声でつぶやいた。
「じゃあ、行くか」
私の声はちゃんと怜くんに届いた。

きちんと受けとめてくれた。
些細《ささい》なことなのに、心がジーンと震える。
「あり、がとう……」
こんな、私なんかの意見を聞いてくれて。
少し……ほんの少しだけ。
怜くんとの距離が近づいたような気がした。

Dear ＊2

予感

遊園地に行った日から四日が経ち、いよいよ明日から夏休みがはじまる。

終業式が終わって、残すはホームルームのみ。

待ちきれないとばかりに、クラス中が騒がしく浮き足立っているのがわかった。

ちらりと視線を横に向けると、クールな横顔が視界に入った。

気づけば怜くんを見つめてしまっている。

それは私が意識して見ているせいなのか、はたまた偶然目に入ってくるだけなのかはわからない。

だけど、でも……。

なんとなく気になる。

仲良くなりたいって、そんなふうに言ってくれた男の子は初めてだったから。

この前まで苦手だと思っていたのに、今はそんなふうに思わない自分がいるのが、ものすごく不思議。

「いいかー、夏休みだからってハメ外すんじゃねーぞ。なにかあったら責任取らされるのは担任のこの俺なんだからなー！」

担任の山川先生が教壇《きょうだん》に立ち、夏休み中のことについて注意する。

「ヤマちゃんに迷惑かけねーようにハメ外すから大丈夫。安心してよ」

「なんだとー、三沢。お前は部活があることを忘れるなよ」

「はいはい、わかってるって」

山川先生はサッカー部の顧問も務めているので、三沢くんは先生のことをフレンドリーに〝ヤマちゃん〟なんて呼んでいる。

いつの間にかそれがクラスで定着して、今ではみんながそう呼んでいる。

見た目は明らかにおじさんだけど、実際にはまだ三十代と若くて、冗談が通じる面白い先生だ。

「ヤマちゃんは、彼女にフラれないようにがんばれよ！」

「なんだとー！　三沢……！」

先生と三沢くんのやり取りに笑いの渦《うず》が起こるなかで、私は怜くんの横顔を見つめつづけていた。

みんな笑っているのに、ぼんやり頬づえをついて我関せずといった様子の怜くん。

あくびなんかしちゃって、眠たそう。

相変わらず、マイペースだなぁ。

思わず頬がゆるみそうになって、あわてて口もとを押さえた。

すると、不意に怜くんがこっちを振り向いて。

——ドキン
まっすぐな瞳と、思わず目が合っちゃった。

私が見ていたことに気づくと、怜くんはビックリしたように目を見開いてから、フッと口もとをゆるめた。

わ、笑った……。

私を見て、笑ってくれた。

見つめていたことがバレて恥ずかしいのと、笑ってくれたことに緊張して固まってしまう。

愛想笑いさえも返せなくて、頬が熱くなっていくのを感じた。

怜くんは優しく微笑んでくれていて、耐えきれずに思わずパッと目をそらした。

緊張して速くなった鼓動と、頬に感じる熱。

好きなわけでもないのに、どうしてこんなにまっ赤になってるの……。

手を当てなくても、左胸がドキンドキンと大きく拍動しているのがわかって、よけいに照れくさかった。

「雪村」

帰り際《ぎわ》、これから用事があるという瞳ちゃんと駅の改札でバイバイして、ホームへ上がったその時。

すでにホームにいた怜くんに声をかけられた。

イヤホンを耳にして音楽を聴いていたらしい怜くんは、どうやらひとりのよう。

「あ、えっと、お疲れさま」

遊園地に行った日以来、初めてまともに話した。

学校ではみんなの目もあるし、なんとなく話しかけにくい。

それに、なにを話せばいいのかもわからないし。

さっき、目が合っちゃって。

そらしてしまったこともあって、ちょっと気まずい。

「この前はサンキューな。雪村がいてくれたから、俺も楽しかった」

この前って……遊園地の時のことだよね？

「こちらこそ、ありがとう」

メリーゴーランドに付き合ってくれたこと。

仲良くなりたいって言ってくれたこと。

ビックリしたけど、うれしかった。

「メリーゴーランドに乗ってる雪村、子どもみたいだったよな」

「えっ？　ほ、ほんと？」

子どもみたいって……。

喜んでいいのかな？

「心から楽しんでるのが伝わってきたから、恥ずかしかったけど乗ってよかったって思った」

怜くんはまるでその光景を思い出しているかのように、愉快そうに笑っていた。

屈託《くったく》のない無邪気な笑顔に、なぜかドキドキと鼓動が速くなる。

どうしちゃったの、私。

ヘンだよ、絶対に。

「あの、さ」

慣れない感情にとまどっている私の耳に、さっきまでとは違う遠慮がちな声が届いた。

快活に笑っていた怜くんの姿は、もうどこにもなくて。

頬をポリポリかきながら、言いにくそうに口を開く。

「よかったら、連絡先教えてくんねーかな？」

「え？」

意外だった。

だってまさか、聞かれるなんて思ってなかったから。

「あー……嫌ならいいけど。でも、夏休み中ヒマな時とか、なんかあったら連絡するし。って、マジで嫌ならいいから」

なぜかあたふたしている怜くんは、私の返事をソワソワしながら待っている。

男の子は苦手だけど、でも怜くんは嫌じゃない。

「私のでよければ、いくらでも」

「マジ？」

パァッと明るくなる表情。

私なんかの連絡先くらいで、こんなに喜んでくれるの？

カバンからスマホを取りだして、連絡先を交換した。

怜くんの連絡先が私のスマホに登録されたことで、なぜだか妙にソワソワして。

楽しい夏休みの幕開けになればいいなって、ひそかにそんなことを思った。

その日の夜、咲季ちゃんとお母さんとの夕食の時間。

「明日から家庭教師の先生に来てもらうからね。夏期講習も平日は毎日あるんだから、遊んでるヒマなんてないわよ」

大好物のロールキャベツを口に運んだ時、お母さんからの鋭い声が飛んできた。

「それと、夏休みの宿題も、ためずにさっさとすませちゃいなさいね。咲花は咲季と違って言わなきゃやらないんだから」

チクッと胸に針が刺さったような感覚に見舞《みま》われた。

せっかく味わおうと思っていたところなのに、ロールキャベツが口の中でまるで金属のかたまりのような重いものに変わる。

ごはんの時くらい勉強の話はやめてほしいなあ。

だけど言えない。

お母さんの言うとおりにしていれば、きっと正しいはずだから。

でもね、お母さん。

私、そこまで勉強が好きじゃないんだよ。

正直、いい大学なんて行きたくもない。

なにがしたいかなんてわからないけど、今を思いっきり楽しんで、ゆくゆくはやりたいことが見つかればいいなって。

そんなんだからダメなんだろうなって思うけど、お母さんが期待するようないい子には、とうていなれそうもない。

私はまちがっているのかな。

でもね、いい子になれない。

……苦しい。

黙々とごはんを食べて食器を片づけると、そそくさと自分の部屋に戻った。

私がいなくなったあとのダイニングキッチンから、お母さんと咲季ちゃんが談笑する声が聞こえてくる。

思わず耳をふさぎたい衝動に駆られた。

咲季ちゃんにはいつだって笑顔を見せるお母さん。

お母さんが私に笑いかけてくれたのは、いつが最後だったかな。

私はいつしか、お母さんに愛想笑いを浮かべることしかできなくなった。

昔はもっと笑っていたような気がするのに、いつからかお母さんの前で心から笑えなくなってしまった。

「はぁ」

スマホを片手に、ベッドにゴロンと横たわる。

夏休みの宿題は明日からやろう。

とてもじゃないけど、今はやる気になれない。

スマホのボタンを押してホーム画面を開くと、メッセージアプリにメッセージ受信通知が表示されていた。

——ドキン

まさか、怜くんかな。

いや、あるはずないよね。

でも、ほんの少しの期待がぬぐえない。

あるはずがないと思いながらも、アイコンを押す指が震えた。

「なんだ、瞳ちゃんか……」

ふくらんだ緊張が一気にしぼんだ。

瞳ちゃんには失礼だけど、明らかに落胆している自分がいる。

来るわけないよね。

だって、怜くんは瞳ちゃんのことが好きで。

私のことなんて、なんとも思ってないんだから。


「わー、遅刻遅刻っ！」

自転車を全速力でこぎ、地元の駅に着いた時には全身から大量の汗が吹きだしていた。

駅前にでかでかと掲げられた看板には、テレビのＣＭでよく見かける塾の名前が書かれている。

気が重くなるのを感じながら、急いで駐輪場に自転車をとめた。

夏期講習の初日から遅刻なんてありえないよ。

自然と速くなる足取り。

汗がダラダラたれてきた。

「雪村さん?」

腕で汗をぬぐい一息ついた瞬間、突然名前を呼ばれてビクッとなった。

振り返るとそこには、日に焼けた見知った顔。

それも、すごく懐かしい。

「長谷部《はせべ》、くん……?」

「やっぱり雪村さんだ。久しぶりだね。卒業式以来じゃない?」

長谷部くんは私だとわかると、安心したように笑った。

中学の時は身長が低くてかわいい感じの男の子だったのに、今は私よりも背が高くて肩幅もしっかりしてきたように見える。

「あ、そうだね。ほんと、久しぶり」

長谷部秋《しゅう》くん。

彼とは中学三年生の時に同じクラスで、同じ委員会に入っていたこともあって、少しは話せる仲だった。

男の子にしてはかわいいキャラだったから、特別苦手意識も感じていなかった。

物腰がやわらかくて、誰に対しても優しくて、愛されキャラだった長谷部くん。

高校も違ってるし、こんなところで会うなんて思ってもみなかった。

「もしかして、雪村さんも夏期講習？」

「うん。長谷部くんも？」

「そうなんだよ。宿題もたんまりあるっていうのに、マジで嫌になる」

私の記憶が正しければ、長谷部くんはこのあたりではトップの進学校に通っているはず。

そう、咲季ちゃんがかつて通っていた進学校に。

「やべ、急がないと。走るぞ、雪村さん」

「え？　あ、うん」

長谷部くんが走りだしたので、私もそのあとを追った。

なんとか間に合い、そのまま長谷部くんの隣に座る。

「知らない人ばっかだな。雪村さんがいてくれてよかったよ」

なんて言いながら長谷部くんが無邪気に笑うから、「私もだよ」って思わず返事をしてしまった。

知らない人ばかりだと緊張するし、その環境に慣れるのに時間がかかるから、ひとりでも知ってる人がいてよかった。

長谷部くんのおかげで、重かった心が少しだけ軽くなった。

だけどやっぱり長谷部くんと私のレベルは全然違って、講習の内容はちんぷんかんぷん。

私とは真逆に、長谷部くんはスラスラと問題を解いていた。

というよりも、私以外の全員ができる人っぽく見えて焦る。

夏期講習初日は、自分の出来の悪さに落ち込んでしまった。

帰り際に長谷部くんに声をかけられたけど、このあと家庭教師の先生との顔合わせがあるからゆっくり話せなくて。

結局また自転車を全速力でこいで家に帰った。

来る日も来る日も、夏期講習と家庭教師の先生による勉強づけの日々。

正直、学校に行っているほうがずっといい。

土日だけは夏期講習から解放されるから、まだマシだけど。

こんな日々が夏休みが終わるまで続くことを考えたら、嫌になってくる。

夏休みがはじまってまだ十日しか経っていないのに、学校に通っていた日々が懐かしく思えた。

はぁ。

今日もまた行かなきゃ。

そんなことを考えたら、なんだか頭痛までしてきたよ。

休みたい。

でも……。

「そろそろ出かける時間でしょ？　準備できてるの？」

「今日はちょっと頭が痛くて」

「そんなの、痛み止めを飲めばすぐに治るわよ」

そう言いながら、お母さんは立ちあがって痛み止めがしまってあるクローゼットへ歩きだす。

「いい。いらない。大丈夫だから。行ってきます」

そう言って家を出たものの、自転車をこいで駅前に向かっている途中でズキンズキンと激しく痛みだした。

思わずその場に自転車をとめて、うずくまる。

「はぁ……いった」

容赦ない日差しが身体に照りつける。

目を閉じてみたけれど、痛みは引く気配をみせない。

こめかみや首のうしろを押して、痛みを和《やわ》らげようとしても、無意味だった。

こんな状態で夏期講習なんて、とてもじゃないけど行けない。

しばらくその場から動けなくて、痛みが引いてきた頃にはすでに講習がはじまる時間だった。

どうしようかと悩みに悩んだ結果――。

「はぁ……」

結局、サボっちゃった。

来た道を引き返して、自宅の前を避けて住宅街を抜け、高台にある大きな公園へとやってきた。

遊具が置かれている遊び場を通りすぎ、展望台と書かれている標識どおりに自転車で進む。

坂道を上った先には一本の大きな木とベンチがあって、そこは、昔お父さんとよく訪れた懐かしい思い出の場所。

「わぁ、変わってない」

展望台からの景色は、小学生の頃に見た時のままだ。

都会とまではいかないけど、鬱蒼《うっそう》と木々が生い茂り、マンションや住宅がたくさん見える。

もともと、こうやってぼんやり景色を眺めることが好きで、その時だけはなにも考えずにいられる。

公園のすぐそばには小学校があって、プールではしゃぐ子どもたちの声が聞こえてきた。

楽しそうだなぁ。

学区の境目がちょうど私の住む地域で区切られていたため、私はここではなく駅の近くの小学校に通っていた。

だからいつもこの公園に来ると、高台の小学校に通う子たちがうらやましかったっけ。

友達と身体を動かして走りまわるよりも、ひとりでボーッとしながら景色を眺めるのが好きな子どもだった。

咲季ちゃんは私とは正反対で、友達に囲まれて遊ぶのが好きだったけど。

親戚《しんせき》のおじさんやおばさんに、正反対ねぇ、なんて言われてたっけ。

ここに来ると思い出す過去の日々。

お父さんとの思い出があるから、両親の離婚後には訪れることはなくなってしまった。

でも今日は、なんとなく気が向いたというか。

ほかに行くあてもなかったから、来てみたけれど。

昔と変わらない風景に安心感を覚えた。

きっと変わっていくのは私たちで、ここはずっと変わらないんだ。

そう考えると、とてつもなくホッとさせられた。

「なにしてんだよ、こんなとこで」

「へっ？」

突然誰かに声をかけられた。

あまりにもビックリして、ヘンな声を出してしまった私。

反射的に顔を上げた先にいたのは、太陽の光に目を細めながら不思議そうに眉を寄せる怜くんだった。

——ドキン
な、なんでこんなところで……。

学校でもないのに、まさか会うなんて。

思わず目をパチクリさせていると、怜くんは頬をゆるめてふきだした。

「ビックリしすぎな」

「ご、ごめん」

恥ずかしくなって、軽くうつむく。

怜くんはまだ笑っている。

「つーか、久しぶりだな。元気だったか？」

「あ……うん、元気だよ」

夏休みに入って勉強ばかりの毎日だけど、疲れている顔は見せたくない。

「ほんとかよ。疲れきった顔してるけど？」

「えっ⁉　ウソッ」

やっぱり、怜くんにはなんでもお見通しなのかな。

どうして言いあてられちゃうんだろう。

「言っただろ？　俺にはムリしなくていいって」

「だ、だよね。最近、夏期講習が忙しくてちょっとバテ気味なの」

あははと愛想笑いを浮かべて、重く受けとられないように言った。

本音を見せるってむずかしい。

どうしても強がってしまうクセがついちゃってるから。

それでも怜くんには話したい、本音で。

「うちのお母さん、教育ママでね。お父さんと離婚してから、勉強勉強って。今日初めて夏期講習サボっちゃった」

それでもやっぱり私には、強がるクセが抜けないみたい。

重いことを口にしてるのに、どうして笑っているんだろう。

自分でもよくわからない。

でも、言葉がするする出てくる。

「家にいると、たまに逃げだしたくなるんだよね。息が詰まって、苦しいの。言いたいのに、言えない。そんな自分がもどかしくて、嫌になって……」

不思議。

今までこんなこと誰にも言ったことないのに。

「咲季ちゃん……お姉ちゃんは頭がよくて優等生で。なんでも器用にこなせるんだけど、私は全然ダメで。ほんとにもう、ダメダメで……」

そう言いながら手をギュッと握りしめる。

改めて口にすると、ほんとにそうなんだって強く実感させられる。

「引っ込み思案《じあん》だし、いいところなんかひとつもないし……」

って、なにを言ってるんだろう。

怜くん、こんなことを言われても困るだけだよね。

でも、本当のことだ。

私はなにをやってもダメで、咲季ちゃんのようにはできない。

胸がズキンと痛んだ。

「……じゃねーよ」

「え？」

「雪村は、ダメダメなんかじゃねーよ」

まっすぐに私を見つめる力強い瞳。

気休めや同情なんかじゃなく、本音でそう言ってくれてるんだってことが伝わってくる。

怜くんのこげ茶色の髪が風に吹かれて横になびいた。

「こんなこと、俺に言われたくないかもしんねーけど。雪村のこと、すげーなって思って見てるんだから」

「す、ごい……？　私が？」

どうして？

なんで？

すごいだなんて、誰にも言われたことないよ。

「どんだけ嫌なこと頼まれても、ニコニコしながら引きうけてるだろ。俺、すぐ顔に出るし。マネできねーなって」

「そ、それは、ただ断れないだけで……」

面倒なことになるなら、引きうけたほうが事が穏便《おんびん》に運ぶって思うから。

「でもさ、引きうけたことは最後まできっちりやってるだろ？　手ぇ抜くこともできるのに、真面目にやってる」

それはすごいことなんだろうか。

当たり前のことだと思うんだけど。

「いつもすげーなって思いながら、ずっと見てた」

――ドキン
ずっと見てた。

その言葉に特別な意味はないことをわかっていながらも、そんなふうに言われたらドキドキしてしまう。

「俺なんか、いかに手ぇ抜くかってことしか考えてねーし。なんでも一生懸命に取りくむ雪村見てたら、俺のほうがダメな奴に思えてくる」

「そんなこと、ないよ」

怜くんはいつも自分の気持ちに素直で、思ったことを口にできるすごい人。

「一生懸命がんばる奴って、俺的には尊敬に値《あたい》するけどな」

「そ、尊敬だなんて……っそんな」

ほめられ慣れていないから、妙にソワソワしちゃう。

むずがゆいというか、お世辞なんじゃないだろうかって疑ってしまう。

なんの取り柄もない私なんかのことを、そんなふうに言ってくれる人は初めてだ。

「一生懸命がんばりすぎて、息が詰まることもあるよな。そんな時は逃げてもいいんじゃねーの？」

逃げても、いい……？

「またがんばろうって思えるまで、好きなことをするのもありだと思う」

「好きな、こと……」

「やけ食いしたり、ゲーセンで遊んだり、漫喫《まんきつ》行って読みまくったり。やりたいことを全部やるんだよ。ねーの？　やりたいこと」

やりたいこと。

「ここから景色を眺めること、かな」

「景色？」

「うん。昔ね、お父さんとよくここから眺めてたの。街並みとか木とか見てたら、心が落ち着くんだよね」

そう言いながら、目の前の景色を見渡す。

すると、怜くんも顔を上げて同じように眺めた。

「俺も、小学生の頃はよくここに来てた」

「え？　そうなの？」

「俺、このすぐ近くに住んでるから。いいよな、俺も好き」

「だ、だよね！　私も！　私も好きなの」

思わず力んでしまった。

「ぷっ、わかってるよ」

ふきだす怜くん。

怜くんが笑うと、なんだか照れくさくて。

ドキドキして、その笑顔をもっと見たいって。そう思ってしまう。

「今度からは俺に連絡しろよ」

「え？」

どういう意味？

わからなくて、首をかしげながら怜くんの横顔を見上げる。

私が見ていることに気づくと、怜くんはパッと目をそらした。

「だ、だから、なにかあって逃げだしたくなった時は、俺も付き合ってやるっつってんだよ」

ぶっきらぼうにプイとそっぽを向きながらの、投げやりな口調。

でも、だけど。

耳やほっぺがまっ赤ですよ？

その言葉に怜くんの優しさが感じられて、思わず小さく笑ってしまった。

「な、なに笑ってんだよ」

「ううん、なんでもない」

「言えよ、気になるだろ」

「ありがとう、怜くん」

怜くんの目を見つめながら、にっこり笑った。

すると、驚いたように見開かれるその瞳。

「べ、べつに、礼を言われるようなことはしてねーし」

さっきよりもさらに大げさにプイとそっぽを向いた怜くんの顔は、なぜだかさらにまっ赤で。

私はまた笑ってしまった。

夏期講習をサボッたというのにうしろめたい気持ちになることはなく、むしろ怜くんと話したことで心が軽くなった。

解決したわけじゃないけど、聞いてもらえたことで楽になれた。

自分のことを話すのは得意じゃないけど、なぜか怜くんには話すことができた。

なぜなのかと聞かれても、それは自分自身でもよくわからなくて。

確実に近くなっていく距離に、ドキドキしている私がいる。

「また居残り？　がんばるね」

「あ、長谷部くん」

夏期講習にもなんとかなじんだ頃には、夏休みがはじまって二週間が経っていた。

講習が終わったあと、長谷部くんはわざわざ私の前までやってきて、目の前のイスを引いて腰かけた。

「家だとはかどらなくて、ちょっとでもやっておきたいなって思って」

終わってしばらくは講師の先生がいてくれるのでわからないところも聞けるし、丁《てい》寧《ねい》に教えてくれるからすごくはかどるんだよね。

「数学？」

「うん、全然わからなくて。長谷部くんは終わったの？　夏休みの宿題」

そう言いながら、私の手もとをのぞきこむ長谷部くん。

「七月中に終わらせたよ」

「すごい、さすがだね」

やっぱり、私と長谷部くんじゃ頭の作りが全然違う。

「よかったら教えようか？」

「え？」

「数学得意なんだ」

ニコッとかわいく笑う長谷部くん。

「ううん、いいよっ！　悪いよ」

長谷部くんには長谷部くんの勉強があるのに。

私なんかの相手をしてもらうのは申し訳なさすぎる。

巻き込むわけにはいかないよ。

「ほら、そこ、まちがってる」

「え？　どこ？」

「ここだよ、ここ。この問題は……」

長谷部くんは私の手からシャープペンを奪うと、ノートの余白《よはく》に書き込みはじめた。

申し訳ないと思いながらも、説明してくれているのを中断するわけにもいかず、聞きいった。

数学が得意というのは本当で、言葉がすんなり耳に入ってきて、すごくわかりやすかった。

「長谷部くん、すごいね。うちの学校の先生より教え方が上手だよ」

思わずにっこり微笑んだ。

だって、ほんとにわかりやすかった。

「ほめてもらえてうれしいよ。っていうか、雪村さん雰囲気変わったね」

フワリと優しく微笑む長谷部くん。

「え？　そう、かな？」

ギクリとしてしまった。

どう変わったんだろう。

「優しくなったっていうか、かわいくなった」

「か、かわ、いく……？」

「うん。俺は今のほうが好きかな」

「えっ？」

――ドキッ
好きって……。

サラッとそんなことを言う長谷部くんに赤面してしまった。

いやいや、そっちの好きじゃなくて。

友達として好感度が上がったってことだよね。

うんうん、そうだよ。

「雪村さんって、彼氏いるの？」

「え？」

唐突《とうとつ》な質問にドキッとする。

「いない、けど」

「そうなんだ。じゃあ、好きな人は?」

なんでこんなことを聞かれるのかわからなくて、疑問ばかりがつのる。

「……いない、かな」

そう言ったものの、なぜか怜くんの顔が頭にちらついた。

思い出すとドキドキして、胸の奥が締めつけられる。

なんだろう、これは。

好きなわけじゃないのに、どうして?

よく、わからない。

でも、気になる。

なんでこんなにドキドキするのか。

「そうなんだ。じゃあ、がんばってみようかな」

「がんばるってなにを?」

思いっきり首をかしげた。

長谷部くんって、なにが言いたいのか全然わからない。

「あ、いや。こっちの話だから、気にしないで」

そう言いきられ、それ以上はなにも聞けなかった。

夏、ドキドキ

——カランカラン
少しドキドキしながらお店のドアを開けると、軽快な音があたりに響いた。

店内にいた人の視線がいっせいにこっちに注がれて、小さく身を縮める。

気持ちを落ち着かせようと深呼吸をひとつしたところで、声をかけられた。

「よう」

「こ、こんにちは！」

「ぷっ、そんなにかしこまらなくても」

「緊張しちゃって」

「ま、入れよ」

迎えてくれたウェイター姿の怜くんにうながされて、歩みを進める。

木を基調としたオシャレでかわいらしいカフェの店内は、多くのお客さんでにぎわっていた。

案内されたのはカウンター席で、私が背の高いスツールに苦戦しているのを見て、怜くんは声を殺して笑っている。

「チ、チビだからうまく上れなくて」

「はは、手ぇ貸してやるよ」

そう言って私の腕をつかみ、支えてくれる怜くん。

——ドキッ
たくましい腕の感触に思わず心臓が飛びはねた。

私がちゃんと座ったのを見届けてから、怜くんはカウンター内へ。

そして慣れた手つきでコップに水を入れると、カウンター越しにだしてくれた。

カッターシャツに黒のズボン。襟《えり》もとには蝶《ちょう》ネクタイ。

身長が高く、スラッとしている怜くんは、ウェイター姿がよく似合っている。

「なに飲む?」

「えーっと、オススメは?」

こういうところにはあまり来たことがないから、メニューを見ても内容がよくわからない。

「女子には、はちみつレモンラテが人気ナンバーワンだけど」

「じゃあ、それがいい、かな」

「ん、了解」

なんとか注文を終えてホッと一息。

改めて店内を見回すと、置いてある小物や時計までもが木彫《きぼ》りのもので統一されていて、ひとつひとつのどれもがかわいかった。

ここは怜くんのバイト先。

昨日の夜、初めて怜くんからメッセージが来て、ドリンクの無料券があるからって誘ってくれたの。

ひとりで行くことには気が引けたけど、誘ってくれてうれしかったのと、なにより怜くんに会いたいと思ったからこうして来てしまった。

すごい進歩だと思う。

夏休み前までの私なら、絶対にひとりでなんて来られなかったから。

それにしても、やっぱりちょっと緊張。

こういうオシャレな場所は、私には合っていないような気がする。

「急に誘って悪かったな。夏期講習は大丈夫か？」

「うん、さっき終わったところだよ。あ、中学の時に一緒だった長谷部くんって覚えてる？」

「長谷部？」

そう言いながら眉を寄せて、考えるそぶりを見せる怜くん。

「ああ、ちっこくて女みたいな顔した奴か。長谷部がどうしたって？」

「うん、夏期講習が一緒でね。よく勉強を教えてくれるの」

最初は嫌だと思いながら参加していた夏期講習。

でも今は長谷部くんがいてくれるから、助かっているところもある。

理解できるようになって、勉強も少しだけ好きになれたような気がする。

「ほんとにわかりやすいんだよ。おかげさまで、夏休みの宿題もすごくはかどってるんだ。逃げだしたくなることも減ったよ」

「……ふーん」

いきなり低くなった怜くんの声。

あからさまに不機嫌そうにムッと唇をとがらせている。

どうしちゃったんだろう……？

私、なんかヘンなこと言ったかな？

「長谷部と仲良くなったんだ？」

なぜかじとっと見つめられた。

悪いことはしてないはずなのに、責められているような気になる。

「仲良く……なった、のかな？」

中学の時に比べたら、今のほうが話せるようにはなったけど。

仲良くなったのかと聞かれると、よくわからない。

そもそも、向こうはそんなつもりじゃないかもしれないし。

「男、苦手なんじゃねーの？」

「あ、うん。でも、長谷部くんは中学の時に同じ委員会だったから話しやすいっていうか」

「………」

「キャラ的にも、人懐っこいから」

無表情にだんまりを決めこむ怜くん。

ほんと、どうしちゃったんだろう。

「怜くん……？」

「好きなのかよ？」

「えっ？」

す、好きなのかって……。

長谷部くんを？

トゲのある言葉に思わずドキリとしてしまった。

「そ、そんな、好きだなんて！」

首と手で思いっきり否定する。

怜くんってば、いきなりなにを言いだすの。

「長谷部くんは頭もよくてカッコいいし、私なんかじゃつりあわないよ！」

「んなことねーだろ」

「な、ないよ……！　ほんとに」

どう考えてもそうだよ。

私なんかが長谷部くんを好きだなんて、おこがましいにもほどがある。

長谷部くんにはかわいらしくて頭がいい女の子がお似合いだ。

私なんかじゃ相手にならない。

ううん、むしろ相手にされないよ。

それに……私は長谷部くんのことをなんとも思っていない。

長谷部くんより、怜くんのほうが……気になる。

もっともっと仲良くなりたい、知りたいって思うんだ。

「すみませーん」

テーブル席から店員さんを呼ぶ声が聞こえて、怜くんは私から視線を外して顔を上げた。

「わり、すぐ戻ってくるから」

そして、断りを入れると伝票を持っていってしまった。

そのすぐあと、私のもとにはちみつレモンラテが運ばれてきて、目の前にさしだされる。

わぁ、おいしそう！

「羽山さんって、おいくつなんですかー？　どこの高校？」

飲み物に口をつけた瞬間、甲高《かんだか》い女の子の声が聞こえた。

「カッコいいですよね！　彼女とかいるんですか？」

「よかったら、今度あたしたちと一緒に遊びませんか？」

チラリと声のするほうを振り返った。

すると私のすぐうしろで、派手な女の子三人組が注文を取りにきた怜くんに迫っているのを発見。

メイクが濃くて、髪の毛を綺麗に巻いて、今風のオシャレな女の子たちだ。

私なんかよりずっとかわいくて、怜くんともお似合いで。

――チクッ

なぜか、胸が小さく痛んだ。

「あ、よかったら週末にある花火大会に一緒に行きませんか？」

「賛成ー！　コンパみたいな感じでどうですか？」

楽しそうに盛りあがる女の子たちの会話に、胸が締めつけられる。

怜くんは、どう返事をするんだろう。

私は……嫌だ。

その子たちと一緒に行ってほしくない。

でも、私なんかにそんなことを言う権利はなくて。

思わず唇をキュッと噛《か》みしめた。

「俺、好きな奴いるんで。そういうのは困ります」

「えー！　そうなんですか」

「その言い方だと、彼女はいないってことだよね？　じゃあ、いいじゃん」

「友達としてってことで。ね、お願い！」

どうしても一緒に行きたいのか、女の子たちはしつこく詰めよる。

「好きな奴以外興味ないし、女友達とかいらないから。では、失礼します」

お客さんだから冷たくあしらうこともできず、淡々とかわす怜くん。

相変わらず、ハキハキしていてすごいなって尊敬する。

でも。

好きな子以外、興味がない……か。

それって、瞳ちゃんのことだよね。

ホッとしたのもつかの間、今度は大きくチクリと胸が痛んだ。

モヤモヤしたままはちみつレモンラテを飲みおえて、怜くんのバイトが終わるのをカフェの近くの公園で待った。

ベンチに小さく腰かけながら、浮かんでくるのはさっきの女の子たちとのやりとり。

「ぷっ、なにボーッとしてんだよ？」

——コン
おでこを軽く指で弾《はじ》かれ、ハッとする。

ふれられたところがジンジン熱くて、思わず手で押さえた。

どうやらバイトが終わったらしい。

「あ、えっと。あの、さっきの会話が聞こえて……怜くんはモテるなぁって」

「どう思った？」

「え？」

「声かけられてるの聞いて、どう思った？」

ええっ⁉

ど、どう思ったって……。

どうして、そんなことを聞くの？

断ってくれて、ホッとした。

でも、好きな子以外興味がないって聞いて、ショックだった。

そんなこと、恥ずかしすぎて絶対に言えない。

「い、一途なんだなぁって……怜くんに好かれる女の子は、幸せなんだろうなって思った」

これでなんとかうまくかわせたはず。

でも、これも本音だ。

「俺の好きな奴、誰だと思う？」

「そ、それは……」

口ごもると、すぐそばで視線を感じた。

上からまっすぐに、私の顔を見つめる怜くん。

真剣なその瞳に、なぜか鼓動が高鳴る。

好きな人は、瞳ちゃんでしょ……？

だって、写真を持ってたし。

私じゃないってことだけは……わかるよ。

そんなことを考えたら、胸がズキンと締めつけられた。

わかってる。

それだけは。

だからこれ以上、深入りしちゃいけない。

でも、知りたいって思うの。

怜くんのこと。

もう、どうしようもないほどに。

「雪村だって言ったら？」

――ドキン
やめてよ。

やめて。

「じょ、冗談……だよね？」

ドキドキしすぎて、おかしくなりそう。

冗談だってわかってるのに、顔が熱を帯《お》びていく。

ど、どうしよう……。

赤くなってるのがバレたら、ヘンな誤解をさせちゃうかもしれない。

なんとかうまくごまかさなきゃ。

でも、なんて？

わー、困った。

「なーんてな。冗談だし」

「え……あ」

冗談。

……だよね。

じゃなきゃ、困るよ。

「悪かったな、からかって。そんな、あからさまに嫌そうな顔するなよ」

再びおでこをコツンとこづかれる。

怜くんは小さく笑ったけど、その笑顔はなんだか傷ついているようにも見えて。

気になったけど、理由を聞くことはできなかった。


「それでね、三沢くんってばね！」

あれから毎日、怜くんのことばかり考えてしまっている。

夏休みで会えないけど、なにしてるのかなとか。

今日もあのカフェにいるのかなとか。

たとえば男子同士で遊ぶとして、どんなことをするのかなとか。

とにかく、怜くんのことが頭から離れない。

「……ちゃん！　咲花ちゃんってば！」

「え？」

肩を叩かれてハッと我に返った時には、ふくれっ面《つら》をした瞳ちゃんがいた。

「ぼんやりしすぎだよー！　私の声聞こえてなかったでしょ？」

「わー、ごめん」

決して聞いてなかったわけじゃないんだけど、ついつい怜くんのことを考えてた。

どうしてだろう。

あの日から……ううん、ほんとはもうずっと前から、怜くんのことが気になって仕方ない。

この気持ちは……なに？

なんでこんなに気になるんだろう。

今はまだわからないけど、いつかわかる時が来るのかな。

「それでね、咲花ちゃん。明後日の夜なんだけど、怜くんが三沢くんを誘ってくれたらしくて！」

突然話を振られても、よく聞いていなかったから意図がまったくわからない。

「誘ってくれたって？」

キョトンとしてそう返すと、瞳ちゃんは「ほんとに聞いてなかったんだね」と苦笑する。

「明後日の夜、神崎神社の夏祭りの花火大会じゃん？　それでね、怜くんにお願いしたの。四人で行きたいって」

ん？

四人……？

「まさか、私と怜くんも一緒にってこと？」

「うん、そうだよ！」

「ええっ⁉」

ビックリすると同時に、怜くんのことを考えるとドキッとした。

一緒に花火大会……。

「三沢くんも、四人なら行ってもいいって言ってくれて。咲花ちゃんも、来てくれるよね？」

瞳ちゃんはキラキラと目を輝かせて、じっとこっちを見つめる。

そりゃ私だって行きたい。

でも……。

「お母さんに聞いてみるね」

「やった！　そうこなくっちゃ」

喜ぶ瞳ちゃんの姿を見て、ズキンと胸が痛む。

怜くんは平気なのかな。

瞳ちゃんの協力なんかして。

ツラくないの？

好き、なんだよね？

瞳ちゃんのこと。

そんなことを考えたら心臓がキュッと締めつけられて、思わず左手で胸のあたりを押さえた。

難関はお母さんだけど、許してくれるかな。

最近は夏期講習もがんばっているし、毎日のように遅くまで勉強だってしてる。

どこにも遊びにいってないんだもん、思い出くらい作りたいよ。


そして花火大会当日。お母さんからは想像していたよりすんなり許しをもらえて、待ち合わせの場所へと急いだ。

川沿いの土手を歩いて神社の前にある時計台に着いたのは、待ち合わせよりもずいぶん早い時間だった。

まだ完全に日が落ちきってなく、今日は晴天だったこともあって、あたりは薄暗い藍《あい》色に染まっている。

そんななか、ドキドキと胸が高鳴る。

あー、緊張する。

ふたりで行くわけじゃないのに。

「よっ！」

「わっ」

いきなり背中を叩かれて、思わずつんのめってしまった。

振り返るとそこには長谷部くんがいて、私の驚きように逆にビックリして目を見開く。

「そんなにビビらなくても。雪村さんって面白いな」

ケラケラと悪気なく笑う長谷部くん。

「ご、ごめんね」

「いや、いいけど。誰かと待ち合わせ？」

「あ、うん。長谷部くんも？」

「うん、高校の友達と」

そう言って屈託なく笑った長谷部くんは、いつもよりオシャレで大人っぽい服装。

かわいらしいキャラじゃなく爽《さわ》やかな印象だ。

「雪村さんは誰と待ち合わせ？」

「私は高校の友達、かな。それと、あとは」

長谷部くんも知ってる三沢くんと、怜くんと。

でも、なんだか伝えるのが恥ずかしい。

怜くんのことを知ってるわけだし。

「俺だけど」

突然、グイッと腕を引かれて身体がよろけた。

何事かと思って引っぱられたほうを見ると、そこには少し不機嫌そうな表情を浮かべる怜くんがいて。

「雪村は俺と行くんだけど」

長谷部くんをまっすぐに見すえて、もう一度言う。

トクンと鼓動が高鳴ったのは、怜くんの手が私の肩に回されたから。

なぜかそこだけジンジン熱くて、全意識が集中する。

まっ赤になるのを感じながら、隣にいる怜くんを見上げた。

相変わらず不機嫌そうな横顔。

でも、ドキドキは収まらない。

怜くん、いったいどうしちゃったの？

なんで、こんなこと……。

恥ずかしすぎて、顔から火が出そう。

「あ、えーっと、もしかして、羽山？」

長谷部くんがおそるおそる問いかける。

「もしかしなくても、そうだけど」

「羽山と雪村さんって仲良かったっけ？」

「だったら悪いかよ」

「いやいや、そういうわけじゃないよ。意外だなぁと思っただけだから」

なぜかケンカ腰の怜くんと、興味深そうに私たちの顔を交互に見つめる長谷部くん。

たしかに、中学の時は怜くんとは住む世界が違ったし、接点なんてなかったもんね。

だから今でも不思議なんだ。

私なんかと仲良くなりたいって言ってくれた怜くんのことが。

「ふたりは付き合ってんの？」

しれっとサラッと、とんでもないことを言いだす長谷部くん。

「つ、付き合ってないよっ！」

テンパって思いっきり大きな声で否定してしまった。

さらに顔がまっ赤になって、湯気が出そうなほど。

「え？　マジ？　じゃあ、俺にもまだチャンスはあるわけだ」

長谷部くんの意味深な言葉を理解できる頭脳は、今の私は持ちあわせていない。

とにかく尋常《じんじょう》じゃないほどドキドキしていた。

怜くんの様子をちらっと盗《ぬす》み見る。

するとなぜか、怜くんは不機嫌そうに長谷部くんをにらんでいた。

ど、どうしたんだろう。

「じゃあ、そろそろ行くよ。雪村さん、またね。羽山も」

長谷部くんは、手を振りながらニッコリ笑ってこの場を去った。

うまく返すことができなくて、小さくうなずいただけの私。

怜くんは無言で長谷部くんの背中を見送っている。

私と付き合っていると勘違いされて、気を悪くしたのかもしれない。

まぁでも、肩を組んでる姿を見せられたら、誰だって勘違いするよね。

いったい、どういうつもりなの。

怜くんがわからない。

「あ、あの……」

「ちーっす、遅れて悪い」

「咲花ちゃん、怜くん。おまたせ」

話しかけようとしたところで、タイミング悪くふたりがやってきた。

思わず肩に置かれた怜くんの手からそっと逃れ、少しだけ距離をとる。

ふたりにまでこんなところを見られたら、よけいに誤解されちゃう。

これ以上、怜くんの機嫌が悪くならないようにしなきゃ。
それに――。
瞳ちゃんに見られて困るのは、怜くんだもんね。
――ズキン
まただ。
また、胸が痛んだ。
どうして？
なんで？
この気持ちがなんなのか、よくわからない。
瞳ちゃんはピンク色の浴衣《ゆかた》を着て、今日はメガネからコンタクトに変えていた。
髪を綺麗に結《ゆ》わえて、うっすらメイクもしている。
とても女の子らしくて、かわいくて。
あー、かなわないなぁって。
勝負なんかしているつもりはないけど、ぼんやりそんなことを思った。
「咲花ちゃん、行くよ」
「え？　あ、うん」
ハッと我に返ると、すでに三人は歩きだしていて。

あわててあとを追う。

「早く早くー！」

「うん」

大きく手招きをする瞳ちゃんと、その隣で立ちどまって待ってくれている怜くん。

さっきは不機嫌そうだったのに、今はそんなふうには見えない。

それは、隣に瞳ちゃんがいるから？

ふたりが並ぶと、なんだかお似合いで。

また少し胸が痛んだけど、気づかないフリをした。


神社へと入って少し経った時、人混みで瞳ちゃんが私の腕を引いて顔を寄せた。

「なんだか、三沢くん元気なくない？」

「え？」

そう言われてから改めて三沢くんの様子を確認する。

うしろをちらっと振り返ると、いつものように怜くんにちょっかいをだして笑う三沢くんがいた。

私が見ていることに気づくと、首をかしげて「どうかした？」と聞いてくる。

あわてて「ううん、なんでもない」と言いながら、パッと前を向く。

「ここに来る途中、話しかけても上の空だったし。笑顔がぎこちないっていうか、ムリして笑ってるような気がするんだよね」

と瞳ちゃん。

「そうかな？」

見ている限りでは普通だと思うんだけど。

「うん。なにかあったのかな」

瞳ちゃんは三沢くんを心配しながら、チラチラ振り返っていた。

よっぽど三沢くんのことが好きなんだね。

そんな瞳ちゃんを見て、怜くんはどんな気持ちなんだろう。

きっと、ツラいよね。

そっと様子をうかがうと、怜くんは迷惑そうに三沢くんをあしらっていた。

そして思わず目が合い、ドキッとする。

「なんだよ？」

背後から手が伸びてきたかと思うと、頭のてっぺんを手のひらでぐりぐりなでられた。

また。

また、胸がキュンッて。

三沢くんの時はなんともなかったのに、相手が怜くんだととたんに冷静じゃいられなくなる。

男らしいゴツゴツした手のひらも、斜め上にある怜くんの横顔も。

スッと伸びたまつ毛や、キリッとした目もと。

クールで涼しげな雰囲気が、怜くんの魅力を引きたてている。

改めて見ると、ほんとにカッコいいな。

なんて。

こんな時になにを考えているんだろう。

ダメダメ。

「な、なんでもないよ」

そう言って前を向き、気を取りなおしてみんなで屋台を見てまわる。

神社の境内は人であふれていて、身動きが取りにくい。

「怜くんと仲良くなったの？　頭ポンなんかされたりしちゃって、前より距離が縮まってない？」

瞳ちゃんが私にコソッと耳打ちした。

顔には満面の笑みを貼りつけて、なんだか楽しそうだ。

「そ、そんなことないよっ！　私なんて全然！」

「あはは！　咲花ちゃん、まっ赤だよ？」

言葉に詰まると、さらに笑われた。

だって、仲良くなったって言えるほど、とくになにかをしたわけじゃないし。

でも。

「仲良くなりたいとは思ってるよ」

もっともっと知りたい。

怜くんのこと。

「へぇ、それはいいこと聞いたなぁ。協力してあげよっか？」

「いいいい、いい！　遠慮しとく！」

あまりにも衝撃の提案に全力で否定する。

「私も三沢くんとふたりきりになりたいし、名案だと思ったのにー！」

「うっ」

そんなことを言われたら、なにも言い返せない。

瞳ちゃんの応援をしているのも事実だし、でも怜くんの気持ちも知ってるし。

複雑だ。

「おふたりさん、食べたいもののリクエストは？」

うしろを歩いていた三沢くんが、瞳ちゃんの隣に並んだ。

「三沢くんは、なにが好きなの？」

「え？　俺？　なんでも好きだけど」

「なんでもって、いちばんむずかしいよー！　私はリンゴ飴《あめ》がいいなぁ。あ、怜くんはたこ焼きだよね？　この前、カフェで言ってたもんね」

笑いながら無邪気に話を振る瞳ちゃん。

「ああ、まぁな」

そんな瞳ちゃんに淡々と返す怜くんの心情は読みとれない。

「怜くんって意外とウェイター姿が似合ってたよね！」

きゃっきゃと盛りあがる瞳ちゃん。

なんだ。

私だけじゃなかったんだ。

怜くんがカフェでバイトしていることを知ってるのは。

瞳ちゃんも、怜くんに誘われて行ってたんだ？

なーんだ。

そっか。

そう、だよね。

もともと私のほうがおまけみたいなもので、怜くんは瞳ちゃんに来てほしかったたんだよね。

そう考えたら胸が苦しくて。

カフェでドキドキしていた自分が、バカみたいに思えた。

なんだか少し落ち込んでしまい、さらに暑さもあって食欲がわかない。

どんな屋台を見てもテンションが上がらず、三沢くんや瞳ちゃんのように無邪気にはしゃぐことができなくて。

どうしてこんな気持ちになるのかな。

「腹減らねーの？」

テントの下、偶然空いた四人がけの簡易席に座っていると、たこ焼きを食べおえた怜くんがそう問いかけてきた。

三沢くんと瞳ちゃんはかき氷が食べたいと行ってしまい、今この場にはふたりきり。

「あ、えーっと」

ここでお腹は空いてないとか言ったら、雰囲気を壊してしまうかもしれない。

そう考えたら、言葉が続かなかった。

「またよけいなことをごちゃごちゃ考えてるだろ？」

「よけいな、こと？」

「ここ、すっげえシワ寄ってる」

怜くんの指先が優しくふれたのは、私の眉間。

ビックリして目を見開いたと同時に、ふれられたところがジンと熱くなる。

「雪村の思ってること、素直に口にしていいって言っただろ?」

口もとをゆるめて優しく笑う怜くん。

やっぱり、怜くんはなんでもお見通しみたい。

「なんだか、あんまり食べたいと思わなくて」

「具合いでも悪いのか?」

「ううん、そういうわけじゃないよ」

とてもじゃないけど理由は言えない。

怜くんも深くは聞いてこなかったので、とりあえずはホッとした。

「アイツら、戻ってこねーな。もうすぐ花火がはじまるっつーのに」

キョロキョロと、ふたりの姿を探す怜くん。

あれからすでに十分以上が経っていて、花火の開始を告げるアナウンスが境内に響いている。

瞳ちゃんはふたりきりになりたいって言ってたし、もしかしたら戻ってこないかも。

「探しにいく?」

怜くんは、瞳ちゃんと花火を観たいよね。

そのために今日来たんでしょ？

「いや、この人混みで見つけるのはムリだろ」

「あ、だよね。じゃあ……もう帰る？」

こんなの私の本心じゃないけれど。

でも、瞳ちゃんがいないのなら意味ないよね。

私と花火は観たくないよね。

「雪村は帰りたいんだ？」

「え？」

「せっかく来たのに、花火観ずに帰るのかよ？」

「それは……そうだけど」

「また困った顔してる。そんなに嫌いかよ、俺のこと」

え？

「近づけたと思ったのは俺だけ？」

なぜか、とても真剣な眼差《まなざ》しで見つめられた。

「雪村は、俺のことどう思ってんだよ？」

「……っ」

ど、どうって。

「俺だけが仲良くなった気でいんの？」
熱のこもったような視線に、ドキンと鼓動が跳ねる。
「いつもいつも、俺だけがこんなに雪村のこと……」
ドキンドキンと激しく動く心臓。
いや、でも、まさか。
そんなことあるはずないよ。
怜くんの顔が赤いなんて、私の見まちがいだ。
だってこれじゃあまるで、怜くんが私を好きみたいなんだもん。
そんなこと、あるはずないのに。
それなのに、どうしてこんなにドキドキしてる私がいるの？
「わり……なにヘンなこと言ってんだろうな、俺」
バツが悪そうにパッと視線をそらし、髪をかきむしる。
その頬はまだほんのり赤い。
私の心臓も、いまだに力強く脈打っている。
怜くんが私を好きならいいのにって……。
なぜかそんなことを思ってしまった。
ああ、重症。

そんなことを考えてしまう自分のことがよくわからない。

でも怜くんの一挙一動に、テンションが上がったり下がったりして、私ってこんなに単純な奴だったんだって思い知らされる。

なんだろう、この気持ち。

もっと――。

もっと、もっと。

きみに近づきたいと思う。

もっと仲良くなりたい。

もっと知りたい、きみのこと。

どうして怜くんにだけ反応してしまうのか、その理由が知りたい。

そしたらね、もう少し。

もう少しだけ、近づけるような気がするの。

「花火観にいこうぜ」

「あ、うん」

怜くんが歩きだしたので、あわててあとを追う。

うしろ姿にさえドキッとしてしまう私は、どこかおかしいのかな。

でも、今だけ。

今だけは自分に素直になって、このドキドキしている気持ちを認めてあげよう。

よくわからないなんてそんなことを言いながら、ほんとは心の奥底でわかっているような気がする。

少しずつ怜くんに惹《ひ》かれている自分がいることを。

気づいた気持ち

「おはよう。雪村さんって、羽山と仲良かったんだね」

週末の花火大会が終わって、また夏期講習の日々がはじまった。

朝、偶然駐輪場で一緒になった長谷部くんの第一声がそれ。

「おはよう。高校に入ってからかな。仲良くなったのは」

「あ、やっぱり？　中学の時は、そんな感じしなかったもんなぁ。けど、羽山ってすっごいわかりやすいよな」

「え？　なにが？」

「なにがって、俺に敵意むきだしだったじゃん。よっぽど雪村さんを取られたくなかったんだろ」

えっ⁉

なにを言いだすのかと思えば。

「そ、そんなことないよ！　あの時は長谷部くんに勘違いされて嫌だったんだよ！」

だって、怜くんは瞳ちゃんのことが好きだから。

私なんかと付き合ってるって勘違いされるのは、迷惑な話だよね。

「いや、そんな感じじゃなかったけどな」

なんて言いながら、なぜかニヤッと笑う長谷部くん。

じゃあどんな感じだったの？ってつっこみたいけど、やめておいた。

だって、どう考えてもほかに理由なんて思いつかない。

「うーん、じゃあさ。雪村さんは、羽山のことが好きなの？」

「えっ⁉」

どうしてそんなことを聞くの？

そう思った反面、怜くんのことが頭をよぎって、ドキドキと鼓動が速まる。

好き、とか。

そんなこと、あるはずない。

だって、今まで誰かを好きになったことなんてないし。

なにがどうなったら好きって言えるのか、明確なものがわからないから。

「好きなんかじゃ、ない」

うん、きっとそう。

ただ仲良くなりたいって言われたからドキドキするだけで、周りの男子とは違うって感じるのも、特別な理由があるからっていうわけじゃない。

私の中で怜くんはたしかに特別だけど、理由はない。

あるわけない。

あったら困るよ。

自分にそう言いきかせるようにして、深呼吸をひとつ。

すると、胸のドキドキが少しだけ落ち着いた。

「じゃあ、俺が雪村さんを好きだって言ったらどうする？」

「え……？」

ビックリしすぎて、一瞬なにを言われたのかが理解できなかった。

いや、でも待って。

好きって、そう言った？

ウソ、でしょ？

思わず目を見開いて長谷部くんの顔を凝視していると、長谷部くんは照れくさそうにはにかんだ。

「まいったな、こんな形で伝えるつもりじゃなかったんだけど」

えっと。

えーっと……。

「中学の時はなんとも思ってなかったんだけどさ。夏期講習がはじまってから、雰囲気が変わった雪村さんに惹かれはじめて。花火大会の時に羽山と親しくしてるの見て、誰にも取られたくないなって。その時に好きって確信したんだ」

表情が真剣なものに変わって、とてもじゃないけど冗談を言っているようには見えない。

長谷部くんが、私なんかのことを好き?

冗談じゃないってわかるのに、信じることができない。

だって、どう考えても私なんかを好きになる要素なんてないよね。

しかも、この短期間でだよ?

「羽山のことが好きじゃないなら、お試しで俺と付き合ってみない?」

「………」

駐輪場での突然の告白に頭が真っ白になった。

お試しで長谷部くんと付き合う……?

「え、えーっと……」

どう、しよう。

正直、いきなりすぎて思考も気持ちも追いつかない。

「あ、待って。返事は夏休み最終日に聞かせてくれないかな?　今フラれたら、立ち直れる気がしない」

そう苦笑いする長谷部くんに、私はなんとかうなずいてみせた。

あれからなんだか毎日ぼんやりして過ごしてしまっている。

いまだに長谷部くんの告白は信じられないし、私の中に大きな衝撃を残したまま。

長谷部くんとは毎日顔を合わせるけど、普通に接してくれるからとくにギクシャクしたりすることはない。

でも、なんとなく前までとは違うというか。

長谷部くんの気持ちを知ってしまったからなのか、目が合ったりすると気恥ずかしくて、反射的にパッと目をそらしてしまう。

これじゃあ意識してるってバレバレかな。

気持ちを知らなかった頃は愛想笑いを返せたのに。

「よかったらカフェに寄っていかない？」

講習が終わってあと片づけをしていると、長谷部くんが私の席までやってきた。

「友達がオススメだって言ってたから、一度行ってみたくて」

無邪気に笑う長谷部くん。

今日このあと家庭教師が来ることになっているけど、少しだけなら時間はある。

でも、どうしよう。

「あんまり気負わずにさ、友達に誘われた時の感覚でいてもらえるとうれしいんだけど」

私の思いが伝わったのか、長谷部くんは優しくそう言ってくれた。

そうだよね。

ヘンにあれこれ考えるほうが悪いよね。

せっかく誘ってくれたわけだし、断るのも申し訳ない気がする。

「少しだけなら大丈夫だよ」

「よっしゃ！」

うれしそうにガッツポーズをする長谷部くんに、心が和んだ。

こんな私のことを好きだと言ってくれて、カフェに誘ってくれる優しくて素敵な人。

長谷部くんを好きになれたら、きっと毎日が楽しいような気がする。

それから駐輪場に移動して、お互い自転車を押しながら歩いた。

どんなカフェなんだろうなんて思いつつ、話題を振ってくれる長谷部くんに返事をする。

会話上手で一緒にいても困ることはなく、話していて楽しい。

何気なく歩幅を合わせてくれているし、車が通る時は「気をつけて」とか「危ないよ」って声をかけてくれる。

きっと長谷部くんは、世の中の女の子からすると理想の彼氏なんだと思う。

気がつくと怜くんのバイト先のカフェの近くまで来ていた。

壁面がガラス張りになっているので、外からお店の中を見渡せる。

今日はいるのかな……?

花火大会以降、とくに連絡を取りあったりはしていないけど。

そこに怜くんがいるかもしれないと考えると、なんとなくドキドキしてきた。

ソワソワして落ち着かなくて、キョロキョロとあたりを見回してしまう。

外から中が見えるってことは、その逆もありえるわけで。

いるかどうかもわからないのに、目が合ったらどうしようとか。

どんどん気持ちが落ち着かなくなる。

あともう少し。

もう少しで怜くんのバイト先の前にたどり着く。

「どうかした?」

「え?」

「いや、さっきから急に落ち着きがなくなったから」

「う、ううん! なんでもないよ」

そう言いながらニコッと愛想笑いを浮かべる。

まさか怜くんのことが気になっていたなんて言えるはずがない。

そうこうしているうちにカフェの前までやってきた。

長谷部くんが目指しているカフェはまだ先にあるようで、怜くんがいるなんて知らない彼は、とくに気にとめることもなく通りすぎていこうとする。

私はというと――。

思わずチラ見してしまった。

お店の中は楽しそうにお茶をするお客さんであふれ返っている。

相変わらず今日も盛況のようだ。

怜くんは……いるかな？

ドキンドキンと胸が高鳴る。

無意識にカウンターの奥に目がいき、見覚えのある人の姿を見つけた。

――ドキン
怜くんだ。

怜くんがいる。

じんわりと温かい気持ちが、胸の中いっぱいに広がっていく。

だけど次の瞬間、一気に心が強《こわ》ばった。

え？

あれは、瞳ちゃん……？

カウンター席に座っていて、外からはうしろ姿しか見えないけれど。

仲良しの友達を見まちがえるはずがない。

カウンターの奥で忙しそうにしながらも、怜くんは瞳ちゃんらしき人と会話しているのがわかった。

親しい人にだけ見せる優しい笑みを浮かべて、クールな表情なんて一切見当たらない。

瞳ちゃんらしき女の子も、楽しそうに肩を揺らしている。

まちがいない、あれは瞳ちゃんだ。

怜くんは興味のない女の子以外とは、親しくしないはずだから。

――ドクドク
――ドクドク
さっきまで温かかった胸の中に、不協和音《ふきょうわおん》が響きはじめる。

わかっていたはずだった。

知っていたはずだった。

怜くんが瞳ちゃんを好きだということは。

それなのに、ふたりが一緒にいるところを見て、改めて傷ついている私がいる。

怜くんから誘ったの？

それとも瞳ちゃん？

どうしてふたりが一緒にいるの？

なんで？

瞳ちゃんは三沢くんが好きなんでしょ？

それなのに……。

胸が締めつけられて苦しい。

ふたりが笑いあってるところなんて見たくなかった。

なんでこんなに振りまわされるんだろう。

怜くんのことになると冷静じゃいられなくなる。

「雪村さん、どうしたの？」

「え？」

どうやら立ちどまってしまっていたようで、戻ってきた長谷部くんに声をかけられてハッとした。

怪訝に眉を寄せる長谷部くんは、明らかに不思議そうな表情を浮かべている。

「あ、ううん！　なんでもないっ！」

取りつくろってそうは言ってみたものの、怜くんのことがずっと頭から離れなくて。

せっかく誘ってくれたのに、長谷部くんと会話しながら違うことを考えてしまっていた。

「なんだか心ここにあらずって感じだね」

長谷部くんのお目当てのカフェに入って、お茶を飲んでいても、一度下がってしまった気持ちはもとには戻らず、平静を装って普通にしていたつもりなのに、どうやら見破られていたらしい。

「ごめんね……楽しくないわけじゃないんだよ」

今は長谷部くんといるんだから、目の前の長谷部くんのことを考えるべきなのに。

頭ではわかってる。

失礼な態度を取ってしまっているということを。

でも、今この場にいない怜くんのことが気になって仕方ない。

「なにかあったんだよな？　明らかに、さっきから様子がおかしいし」

「…………」

なにも言えなかった。

だって、言ってしまうと一度は否定した怜くんへの気持ちを確信してしまいそうだったから。

でも、だけど。

「さっき、カフェの前を通ったでしょ？　そこに怜くんがいて……女の子と楽しそうに話してるのを見かけたの」

長谷部くんにウソはつきたくない。

まっすぐにぶつかってくれたから、正直な気持ちを話さなきゃ。

「怜くんって、羽山のこと？」

「あ……うん。バイトしてるの、そこで」

「…………」

さっきまで長谷部くんが盛りあげていてくれた会話が突然途絶えた。

こんな話を聞かされて、嫌な気持ちになったよね。

せっかく一緒にいるのに、怜くんのことを考えてたんだもん。

失礼にもほどがあるよ。

「羽山を見て、ショックだったんだ？」

「…………」

ショック、だった。

すごく傷ついた。

でも、そんな無神経なこと、長谷部くんには言えないよ。

「元気がないってことは、ショックだったたってことだよな?」

「………」

「それって俺と一緒じゃん。ショックだった時点で、雪村さんの中で羽山への気持ちは大きくなってるってことだよ」

たしかにそのとおりなのかもしれない。

私の中で怜くんへの気持ちがふくらみつつある。

それを認めたくなかった。

気づきたくなかった。

「好きなんだ? 羽山のこと」

「よく……わからない」

でも、惹かれているのは事実。

「そんなふうに言うってことは、俺はまだあきらめなくてもいいってこと?」

「え?」

「雪村さんが俺に振り向いてくれるチャンスは、まだあるってこと?」

いつも以上にとても真剣な表情。

私が長谷部くんを好きになる可能性は、あるのかな。

一緒にいると楽しいし、落ち着くんだけど。

それでも、なんでかな。

「ごめん、なさい……」

怜くんがいいって。

そう思ってしまった。

怜くんのことが好きなんだって、長谷部くんに言われてようやく気づいた。

「いや……俺のほうこそ、今返事を聞くつもりなんてなかったのに、気になって先走った」

傷ついたような表情でムリに笑顔を浮かべる長谷部くん。

「ごめん、ね……」

「雪村さんが謝る必要ないから。俺がムリやり聞きだしたようなもんだしさ。まぁでも、スッキリした……かな」

「……っ」

罪悪感に押しつぶされそうになる。

告白を断ることって、こんなにも苦しいことだったんだ。

それでも。

長谷部くんの気持ちはうれしかった。

「ありがとう」

こんな私なんかを好きになってくれて。

ごめんね。

「まだあきらめたわけじゃないから。羽山とうまくいかなかったら、いつでも言って」

「そ、それは……」

「はは、冗談だって！」

傷ついているはずなのに、場を和ませようと明るくふるまう長谷部くん。

どこまでも優しい長谷部くんに、申し訳ない気持ちでいっぱいになった。

「じゃあ、そろそろ行こうか」

私がちょうど飲みおえたタイミングを見計らって、長谷部くんがにっこり微笑んだ。


それからは何事もなく毎日がすぎていった。

気まずくなるだろうと思っていた長谷部くんとの仲も、彼があまりにも普通にふるまってくれるので、今までどおりに接している。

まるで、告白なんてなかったかのように。

だけどそれが今の私にはありがたかった。

——ピロリン

夜、部屋でぼんやりしていると突然スマホが鳴った。
誰だろうなんて思いながら手に取り、画面をタップする。
メッセージアプリに通知があった。
アプリを開いて見てみると。
――ドキッ
怜くんからだ。
『久しぶりだな。宿題終わった？』
絵文字もなにもない、なんの変哲《へんてつ》もないメッセージ。
それなのに、まるで目の前に怜くん本人が現れたように思えて、胸が熱くなる。
メッセージなんて今まで来なかったのに、突然どうしたんだろう。
そんな疑問が頭をよぎったけど、うれしい気持ちのほうが大きくて。
しばらくの間スマホの画面から目が離せなかった。
シンプルなメッセージがこんなにうれしいのも、ドキドキしちゃうのも、全部、
相手が怜くんだから。
怜くんだから、こんなにも気持ちが揺さぶられるんだ。
好きって気づいちゃったから、よけいに。
もう、もとには戻れない、この気持ち。

なんて返そう。

普通に、普通に。

『久しぶりだね☆　宿題終わったよ！』

何度も何度も打ちなおして、絵文字を使うのも迷いに迷って作った文章。

たったこれだけの文字を打つのに、かなりの時間がかかってしまった。

緊張から、送信ボタンを押す指が震える。

どうしてここまで動揺してるんだろうなんて、自分で自分がわからなくて。

恋をしたらこんなになるんだなって、瞳ちゃんの気持ちがちょっとだけわかったような気がした。

――ピロリン
わ、はやっ。

ドキッとしたこともあり、スマホが手から落ちそうになった。

『マジで？　見せてくんねーかな？』

――ドキッ
宿題見せてほしいって。

それって、どこかで会うってこと、だよね？

そう考えたら、とたんにドキドキ、ソワソワして、落ち着かなくなる。

もちろん断る理由なんてない。

緊張するけど、会えるってわかって心が弾んだ。


翌日。

怜くんとの待ち合わせ場所は、駅前の大きな本屋さんの前。

「わり、遅くなった」

日が高く昇った昼下がり、ハンカチで汗をぬぐいながらドキリとした。

「わ、私も今来たところだよ」

やってきたばかりの怜くんに向かって、ニコッと微笑んでみせる。

カフェで瞳ちゃんといるところを見かけてから、会うのは初めて。

怜くんは太陽の光に目を細めて、いつものクールな表情を浮かべていた。

まだ信じられない。

こうして、怜くんと会っているなんて。

「いきなりで悪かったな。マジで助かった」

これで何度目だろう。

怜くんが私に笑いかけてくれるのは。

気を許してくれているんだってわかって、うれしい気持ちでいっぱいになる。

それと同時にドキドキして、やっぱりなんだか落ち着かない。

ほかの誰といてもこんな気持ちにならないのに、やっぱりこれが恋なのかな。

会えてうれしいのも、こんなに胸が熱いのも、瞳ちゃんといるところを見かけて苦しかったのも。

全部——。

全部、怜くんに恋してるから。

Dear * 3

淡い恋

それから、あっという間に夏休みは終わった。

新学期、なんとなくソワソワしながらやってきた教室。

そこにはまだ、怜くんの姿はない。

というよりも、だいぶ早く来すぎたせいで私がいちばん乗りだった。

——ガラッ
「あれ、雪村？」

自分の席にカバンを置いた瞬間、勢いよくドアが開いて肩がビクッと震えた。

そこにはジャージ姿の三沢くん。

走ってきたからなのか、たくさんの汗をかいて髪の毛が額にはりついている。

「お、おはよう」

「相変わらず早いな」

「早くに目が覚めちゃって。三沢くんこそ」

「俺は飲み物買いにきたついでに、荷物だけ教室に置いておこうと思って。また部活に戻るよ」

夏休みもずっと部活だったのか、三沢くんの肌はこんがり焼けている。

引き締まった腕には、オレンジと赤で編まれたミサンガがあった。

前はなかったから、最近つけたのかな。

思わずじっと見つめてしまった。

「あ、これ？」

すると、それに気づいた三沢くんが照れたようにはにかんだ。

こんな三沢くんの顔を見るのは、初めてかもしれない。

だからピンと来た。

好きな人からもらったんじゃないかって。

だって、そうじゃなきゃこんな顔はしないはずだから。

「好きな人から、誕生日プレゼントにもらったんだ」

あまりにも無邪気に笑うから、三沢くんがその人のことを大切に想っていることが、
ひしひしと伝わってきた。

「中学の時にサッカー部のマネやってた恩田《おんだ》って知ってる？」

「え？　あ、うん」

たしか、中学の時に三沢くんとウワサになってた子だ。

やっぱり、ふたりは今でも付き合っているのかな。

「中学の時からずっと片想いしててさ。フラれたんだけど、俺は未練《みれん》タラタラで。夏休みにサッカー部のメンバーで集まった時に、義理みたいな感じでくれたんだ。すっげー気に入ってる」

自分からなんでも話してくれるところは、三沢くんらしいなぁと思った。

でも、そっか。

三沢くんの片想いだったんだ。

フラれても、今でも好きなんだね。

だとすると、瞳ちゃんは失恋ってことになるのか。

三沢くんにとって瞳ちゃんは、きっとただの友達。

聞かずとも、それがわかってしまった。

「こんなんもらったら、よけいにあきらめがつかなくなるよな」

ちょっとだけ困ったように三沢くんが笑った。

瞳ちゃんを応援している立場としては、かなり複雑な心境だけど、怜くんを好きになってわかった。

人を好きになる気持ちは、理屈じゃないんだということが。

「けどまぁ、もう少しがんばってみるつもり。雪村は口が堅《かた》そうだから話したけど、このことは内密によろしくー！」

最後にはうれしそうに笑って、部活に戻っていった三沢くん。

知らないところで、みんないろんな想いを抱えているんだね。

クラスでは人気者でモテる三沢くんも、実は苦しい片想いをしてるなんて思ってもみなかった。

好きな人と両想いになれる確率って、どれくらいなんだろう。

それってすごいことだよね。

私と怜くんが両想いになれる確率なんて、きっと奇跡みたいなものだ。

いや、両想いになりたいなんて思ってないけど。

だって、怜くんは瞳ちゃんが好きなんだし。

両想いになれるなんて思ってもいない。

私が勝手に好きになっただけなんだから。

怜くんに振り向いてほしいなんて、そんなおこがましいことを望んじゃいけない。

仲良くさせてもらってるだけでもありがたいのに、バチが当たるよ。

時間が経つにつれて、クラスメイトが教室にやってきた。

――ドキッ
その中に怜くんの姿を見つけて、ジンと胸が熱くなった。

「よう」

「お、おはよう」

三列またいだ真横の席から、怜くんが声をかけてくれた。

頬づえをつきながら、じっとこっちを見つめる怜くん。

あまりにも優しいその瞳に、思わずドキドキしてしまう。

「宿題サンキューな。マジで助かった」

「ぜ、全然だよ。私なんかの宿題が役に立ってよかった」

きっと今、私の顔はすごくまっ赤だ。

好きって自覚したからなのか、すごく気恥ずかしくて。

まともに怜くんの顔を見ることができない。

そのあと隣の席のクラスメイトが来たから、怜くんとの会話は自然と終わった。

「咲花ちゃん、おはよう」

「あ、おはよう」

いつも学校ではおさげ頭だった瞳ちゃんが、今日はふわふわのハーフアップ姿で登校していた。

「髪型変えたの?」

「えへへ、わかる?　三沢くんにかわいいと思ってもらいたくて」

髪を指に巻きつけながら、かわいく笑う瞳ちゃん。

「でも、ふたりで遊びにいこうって誘っても乗ってこないんだよね」

「え？　もうそんなところまで発展してるの？」

「いや、乗ってこないからいけてないんだけどね。なかなか手強いとみた」

それはね、三沢くんには中学の時から片想いしてる子がいるからだよ。

なんて、そんなことは絶対に言えない。

「男子の気持ちは男子に聞いたほうがわかりやすいっていうし、怜くんに聞いてみようかなぁ」

そう言って無邪気に笑う瞳ちゃん。

ぐるぐる、モヤモヤ。

それぞれの想いを知っているから、なんだか複雑だ。

「この前もね、怜くんがバイトしてるカフェに行ったんだけどさ。怜くん、三沢くんとのことにあんまり協力的じゃないんだよね。話してても上の空だし」

え？

あ、そうなんだ。

また……行ったんだ？

なぜかズキンと胸が痛んだ。

私の知らないところで、ふたりは会っている。

怜くんが上の空なのは、瞳ちゃんの恋バナを聞きたくないからだよ。

「私はめちゃくちゃ協力してあげてるっていうのに、冷たいと思わない？」

瞳ちゃんの言葉が右から左に抜けていく。

どうしてショックを受けてるんだろう。

ううん、そんなこと考えなくてもわかってる。

私は怜くんが好きだから。

だから、ふたりが会ってるって知って苦しい。

怜くんが好きなのは瞳ちゃんなんだって、改めてつきつけられた気がした。

「よーし、席替えするぞ」

始業式が終わって、ホームルームの時間がやってきた。

先生が発した言葉に、教室内に歓喜の声が上がる。

「そのあとで委員会も決めるからな」

みんな席替えのことに夢中で、聞いちゃいない。

一学期はどの委員会にも入っていなかったから、二学期は入らなきゃダメかな。

委員会のことを考えているうちに、席替えのくじが回ってきた。

「全員新しい席を確認したか？　じゃあそれぞれ荷物をまとめて移動しろー！」

先生の大きな声に、ガタガタと机を動かして新しい席へと移動をはじめるクラスメイトたち。

ぐちゃぐちゃになった教室の中は移動しづらく、しばらく落ち着くのを待った。

といっても、私はひとつうしろにずれるだけ。

あまり代わり映《ば》えがしないけど、窓際のこの席は嫌いじゃない。

「隣は雪村か」

机を動かす音が隣で響いた。

「え？」

――ドキン
怜、くん。

まさか私の右隣の席が怜くんだなんて。

「わ、うしろが咲花ちゃんだ！」

瞳ちゃんが振り返って私に微笑む。

そしてなんと！

「怜の前かよー！」

怜くんの前、つまり瞳ちゃんの隣の席が三沢くんだった。

「うわー、みんな近いなんてすごいね」

三沢くんが隣だからなのか、瞳ちゃんはとてもうれしそう。

「咲花ちゃんも、怜くんが隣でよかったね」

いたずらな笑みを浮かべて、ふたりにわからないように囁く瞳ちゃん。

「な、なに言ってるのっ！」

恥ずかしくなって、ついあわてて否定した。

「あはは、照れない照れない。まっ赤だよ？」

「……っ」

「前まではこんなことなかったのに、咲花ちゃんってばわかりやすいよね」

わかり、やすい……？

「気になってるんでしょ、怜くんのこと」

「なっ！」

「隠したってムダだよー！」

まっ赤なのは自分でも自覚してるけど、私ってそんなにわかりやすいのかな。

「怜くんとうまくいくように応援してるからね」

「そ、そんなの、やめてよ」

だって、怜くんとどうにかなりたいとか思ってないもん。

見ているだけでいいんだ。

友達以上なんて望んでない。

今のままがいい。

今のままで、私は十分幸せだから。

席替えもひと段落し、次は委員会を決める時間に突入した。

「次、美化委員。誰かやりたい奴ー！　挙手《きょしゅ》しろー！」

教室内はシーンと静まり返って、誰も手を挙げそうにない。

なんでもよかったので、私は美化委員に立候補《りっこうほ》することに決めた。

そして、そっと手を挙げる。

「お、女子は雪村で決まりだな。男子は誰かいないかー？」

美化委員に挙手したあと、隣の席の怜くんがそっと手を挙げた。

「俺がやる」

――ドキン
ウソ、まさか。

怜くんが美化委員に立候補するなんて。

うれしい……。

「まさか怜くんが美化委員とはねー。よっぽど咲花ちゃんと一緒にやりたかったんじゃない？」

なにかを勘違いしているらしい瞳ちゃんが、振り返って私に耳打ちする。

瞳ちゃんは怜くんの気持ちを知らないから、そんなふうに思われても不思議じゃない。

だけど、怜くんは勘違いされたくないはずだから。

「うーん、たまたまでしょ」

そうやってごまかした。

委員会の集まりは早速今日の放課後からあるらしく、掃除を終えて教室に戻り、帰り支度を調《ととの》える。

教室にはほとんど人が残っていなかった。

「集まりなんて、ダルいよな」

隣から声が聞こえて、思わず振り向く。

そこには同じように帰り支度をしている怜くんの姿。

「あ、もしあれだったら怜くんは帰っていいよ？　私ひとりで参加するから」

気を遣ってそう言ったつもりだった。

でも、怜くんは突然黙りこんで唇をムッととがらせた。

「雪村は俺がいなくても平気なんだ？」

「え？　いや、あの。平気っていうか……」

どうしてそんなことを聞くんだろう。
「俺は雪村といたいんだけど。そのために立候補したんだし」
――ドキン
私と一緒にいたいから、立候補した？
それって、どういう意味？
――ドキドキ
激しさを増す鼓動。
そんなにまっすぐな目で見つめられたら、息ができないよ。
顔だって、まっ赤だ。
やっぱり怜くんは、私を振りまわすのが上手だよね。
怜くんは立ちあがると私の目の前までやってきて、上から見下ろす。
どこか切羽つまったような、そんな表情。
「雪村って、マジで鈍《にぶ》いよな。こんだけ言っても気づかねーなんて」
熱を帯びたようなその瞳。
上から見下ろされていることに、ドキドキが大きくなる。
怜くんの腕がスッと伸びてきて、私の頬に優しくふれた。
「れ、怜、くん……？」

わけがわからなくて、固まったまま動けない。
ふれられたところが熱くて、意識がそこに集中する。
怜くんから、目が離せない。
ドキンドキンという胸の鼓動が聞こえてしまいそうだよ。
「いいかげん気づけよ。バーカ」
背中をかがめて、目線を同じ高さに合わせた怜くんと至近距離で目が合う。
――ドキンドキン
――ドキンドキン
ち、近い。
なんで、こんなことになってるの。
考えてみても、ちっともわからない。
あの、ほんとに。
心臓がもたないから、やめて。
「長谷部のことが好きなのかよ？」
なにを考えているのかわからない無表情。
怒っているように聞こえるのは、私の勘違いだよね。
だって、怜くんが怒る理由が見当たらない。

「聞いてんのかよ？」

「え、と。あ、うん」

「アイツのこと、好きなんだ？」

「そ、そんなんじゃ、ないよ……」

じっと見下ろされているせいか、責められているように感じる。

ドキドキして落ち着かなくて、恥ずかしすぎてどうにかなっちゃいそうだ。

いつの間にかクラスメイトの姿はなく、教室内には私と怜くんしかいなかった。

「どうして、そんなこと聞くの……？」

怜くんがなにを考えているのか、わからない。

「どうしてって、わかるだろ」

「わかんないよ……」

わかるわけないよ。

「俺は……ずっと前から」

――ドキンドキン
――ドキンドキン
聞けばすべての答えがわかるのかな。

怜くんの顔がなぜか赤い理由も、どうして私なんかと仲良くなりたいって言ってくれたのかも。

なにもかも。

「雪村のことが」

そう言いながら、近づいてくる怜くんの顔。

心臓がはりさけそうになりながら、でもどうすることもできなくて。

身動きできないまま、怜くんの行動を見守る。

唇がふれそうなギリギリの位置に、怜くんの顔が迫ったその時。

——ガラッ

突然教室のドアが開いた。

「あ、怜！　お前、おせーぞ……っ」

ドアの音にビックリして、怜くんの顔がパッと離れた。

怜くんは勢いよく私に背を向け、私も赤くなった顔を隠すようにうつむく。

ドキドキしすぎて、心臓が痛い。

「あっれー？　なんだか俺、お邪魔《じゃま》だった？」

おどけたような三沢くんの声が聞こえる。

もしかして、見られた……？

「いい感じだったわけ？　やるなぁ、怜」

「うっせー、そんなんじゃねーよ」

「照れんなって！　かわいい奴め」

「黙れ」

「待っててやったのに、冷たいな」

「頼んでねーよ。委員会だから、先に帰れって言っただろ」

「あれ？　そうだっけ？　聞いてなかった」

三沢くんが来なかったら、今頃どうなっていたんだろう。

あのまま……怜くんの顔が迫ってきていたら。

キス……。

いやいや、それはないよね。

そんなこと、あるはずないよ。

『雪村のことが』

その言葉の続きは？

「邪魔者の俺はさっさと退散するから、仲良くなー！」

「うぜー。とっとと帰れ」

「言われなくてもわかってるよ」

三沢くんは陽気に手を振って去っていった。

そのとたんに怖いくらいに静まり返る教室内。

さっきの言葉の続きが知りたい。

「なにやってんだよ、さっさと行くぞ」

「え？　あ、うん」

だけど怜くんはもう、カバンを肩にかけて教室を出ていこうとしている。

さっきのことなんて、まるでなかったかのように。


あれから三日。

「はぁ」

「どうしたの？　ため息ばっかりじゃん」

「え？　そんなことないよ」

お昼休み、中庭でお弁当を食べていた私たち。

木陰のベンチに横並びに座りながら、瞳ちゃんは私の顔をのぞきこんだ。

そんなことないよ、とは言ったものの、自覚はある。

怜くんのことばかり考えすぎて、なにも手につかない。

ため息の理由もそれ。

『雪村のことが』

あんなふうに言われたら、期待しちゃうよ。

誤解しちゃうよ。

もしかしたら、怜くんは私を好きなんじゃないかって。

だけどそれだけは絶対にないって、頭を振って考えを打ち消す。

あれから悶々《もんもん》と考えているけど、答えは見つけられないままだ。

「瞳ちゃんは、三沢くんとどうなの？」

「え？　私？　どうって言われても、相変わらず進展はないよ」

「告白……しないの？」

「うーん……実は迷ってるんだよね。いまいちどうすればいいかわからなくて。三沢くん、好きな人がいるっぽいし」

「そう、なんだ」

「腕にミサンガつけてるでしょ？　あれ、好きな人からのプレゼントらしくて。偶然聞こえちゃったんだけど、そんなの聞いちゃったら、自信なくすよね」

はぁと盛大なため息を吐く瞳ちゃん。

好きな人には、ほかに想う人がいる。

今の瞳ちゃんと私は同じだ。

「咲花ちゃんと怜くん、最近なんだかギクシャクしてない？」

「え？」

言いあてられてドキリとした。

あんなことがあったあとで、普通に接することができなくて。

挨拶《あいさつ》はするものの、ヘンに意識しちゃっているというか。

「好きなんでしょ？　怜くんのこと」

「そんなこと……」

「咲花ちゃん見てたらわかるよ。いいじゃん、怜くん。冷たく見えるけど、根はすごく優しいし」

ぶっきらぼうな怜くんの優しさを知ってるのは、当然だけど私だけじゃないんだね。

「ふたりはお似合いだと思うなぁ。私ももう少しがんばってみるから、咲花ちゃんもがんばってみなよ」

「な、なに言ってんの。ほんとそんなんじゃないから」

「ムリに気持ちを押しこめなくてもいいんだよ？　素直になっていいの」

「………」

「いつか素直になれた時は、咲花ちゃんの口から本心を聞かせてね」

かわいく笑う瞳ちゃん。

きっと私の気持ちはバレバレなんだろうけど、それでもなぜか瞳ちゃんには言えなくて。

唇をキュッと噛みしめた。

「瞳ちゃんはツラくないの？　三沢くんには、好きな人がいるんでしょ？」

それなのに、まだがんばるの？

「うーん。最初の頃、三沢くんと仲良くなれればそれでいいって思ってたけど、今は彼女になりたいって思うようになって。仲良くなったらなったで、現状では満足できなくなるんだなって。もっともっとって、先を求めちゃう。精いっぱいやった結果がハッピーじゃなくても、後悔しないならいいかなって」

どこまでもポジティブで明るい瞳ちゃん。

私ならそんなふうに思えない。

精いっぱいやるどころか、がんばる前から身を引くことを考えちゃう。

「好きな人がこっちを見てくれないのはツラいけど、自分のがんばり次第でどうにかなるなら、精いっぱいやりたいなってね」

瞳ちゃんはすごくいい子で、女子の私から見てもかわいくて。

努力家で、一途で。

勝てるところなんてひとつもない。

怜くんが好きになるのもわかるよ。

だからこそ、そんな瞳ちゃんに嫉妬《しっと》してしまう。

私も瞳ちゃんのように前向きに考えられたら、怜くんとうまくいく未来が訪れたりするのかな。


「あ、これに応募してみようかな」

お弁当を食べおえて教室に戻る途中で、掲示板に貼ってあるポスターを見て瞳ちゃんがつぶやいた。

それは生徒会主催の告白大会で、毎年恒例の文化祭でのイベント。

毎年多くの参加者が生徒たちの前で好きな人に想いを伝えているんだとか。伝統の行事で、大いに盛り上がるんだって先生が言っていた。

「瞳ちゃん、本気?」

「もっちろん！　大勢の前で言うほうがインパクトがあるでしょ?　咲花ちゃんもどう?」

「ええ?　私には無理だよ」

「あはは。いいと思うけどね。でも、参加者が多いと抽選になるんだって」

ポスターをまじまじと見つめて、詳細を読む。

参加者の枠は各学年で十人ずつの、合計三十人までだった。

両想いになったカップルには景品がもらえるんだとか。

ま、私には無縁なんだけど。

でも、見る側としたらこういう企画は好き。

「エントリー用紙もらっておこうっと。咲花ちゃんも、一応もらっておきなよ。エントリーは当日の朝十時まで大丈夫らしいし、気が変わるかもしれないじゃん」

もらうだけならと思って、瞳ちゃんのすすめをとくに断ることはせず、エントリー用紙を折りたたんで、スカートのポケットに入れた。

うまくいかない現実

二学期も三週目に突入して、夏休み気分が抜けて学校生活に慣れてきた頃。

「これはどういうことなの？」

二学期の最初の実力テストが終わって、結果が返ってきた。

目の前には眉間にシワを寄せるお母さん。

やっぱり、思ったとおりの反応。

自分でも今回のテストは手応えがなかったし、結果は悪いだろうなって思っていた。

「聞いてるの？　夏期講習や家庭教師の先生にまで来てもらったのに、その結果がこれ？」

「ヤマが外れて……」

「言い訳はよしなさい！」

お母さんの怒声がリビングに響いた。

いつも助けてくれる咲季ちゃんは、今は家にいない。

ピクリと震える肩。

イライラしたように、テーブルを指でトントン弾くお母さん。

機嫌が悪くなっていってるのが、よくわかる。

「夏休みはなにやってたの？　がんばるって言うから花火にだって行かせてあげたんじゃない。それなのに、この結果はなんなの？」

「ごめん、なさい……」

自分でも勉強に身が入っていないってわかってた。

でも、どうすることもできなくて。

「どうしてちゃんと勉強しなかったの？　夏休みにしっかりしていれば、できたはずでしょ？」

「してた、けど……」

「それがこの結果じゃ情けなさすぎるわね。まったく、誰に似たのかしら」

呆れたように、はぁと大きなため息を吐くお母さん。

ズキッと胸が痛んだ。

「これじゃあ、咲季のようになるのはムリね」

そこまで言わなくてもいいじゃん。

私は咲季ちゃんじゃないんだから。

なれるわけないよ。

お母さんの期待には応えられない。
勉強が好きなわけじゃないんだよ。
いい大学に行くのがなに?
そんなに世間体が大事?
どうして、私を私として見てくれないの?
悔しくて涙が出てきそうになった。
拳を握りしめて唇を一文字に結び、黙ってリビングを出る。
お母さんがまだなにか言っていたような気がしたけど、構わずに家を飛びだした。
もうやだ。
もう、やだ!
もう、やだ……!
どれだけがんばっても、お母さんは私を認めてくれない。
たとえ咲季ちゃんのようにトップを取ったとしても、きっとそれは同じなんだと思う。
咲季ちゃんができたんだから、当然でしょって。
そんなふうに言われるんだ。
家を飛びだし、無我夢中《むがむちゅう》で走った。

なんとなく足が向いたのは、お父さんと一緒によく来た高台の公園。

展望台のそばまで来ると、徐々《じょじょ》にペースを落として呼吸を整えた。

「はぁはぁ……っ」

く、苦しっ。

汗が流れ落ち、腕でそれをぬぐう。

九月といえどまだまだ日差しは強くて、かなり暑い。

展望台から景色を眺めていると、火照りは少しずつ引いていった。

不思議。

モヤモヤしていた気持ちが、ここに来ると落ち着く。

景色を眺めているだけなのに、どうしてこんなに安心できるんだろう。

そういえば、前にここで怜くんに会ったよね。

逃げたくなったらいつでも呼んでって、そう言ってくれたんだ。

あの時、すごくうれしかった。

初めて誰かに認めてもらえたような気がしたから。

飛びだした時に無意識につかんだカバンの中からスマホを取りだし、メッセージアプリを開く。

怜くんの画面を開いて、無料通話ボタンを押した。

普段の私なら絶対にしない行動だけど、今は誰かに頼りたくて。

でもそれは誰でもいいわけじゃなくて、怜くんに聞いてもらいたかった。

「もしもし」

呼びだし音が数回鳴ったあと、聞き慣れた無愛想な声がした。

――ドキン
声を聞くだけで、こんなにもドキドキする。

「あ、あの。私、雪村です」

「ぷっ、知ってるけど」

「あ、そ、そうだよねっ」

声を聞いたら、とたんに勇気がなくなってきた。

ほんとに怜くんに頼っていいのかな。

迷惑じゃない？

相手が向こうにいると思うと、どうしてもそんなことを考えてしまう。

「どうしたんだよ、電話なんてめずらしいな」

「あ、うん。えっと、今なにしてる？」

「今？　べつに、部屋でボーッと」

「そ、そっか」

どうしよう。

この先の会話が思いつかない。

「なんか用事？」

「ううん！　べ、べつになんでもないの。今公園にいて、前にここで怜くんがくれた言葉を思い出して電話してみようかなって！　そう思っただけだからっ」

テンパッて動揺しまくり。

目の前に怜くんがいるわけじゃないのに、ドギマギしてヘンな汗が出てきた。

「公園だな？　ちょっと待ってて」

「え？」

——プツ
——ツーツーツーツー
途中で電話が切れてしまい、怜くんからの返事を聞くことはできなかった。

ちょっと待ってて……。

ってことは。

「雪村！」

電話終了からほんの数分後、背後から名前を呼ぶ声がした。

振り返ると、乱れた髪と制服姿で走ってくる怜くんの姿。

「よう。待たせたな」

「わ、わざわざ来てくれたの？」

「雪村が呼んだんじゃねーの？　助けてって、聞こえたけど」

「……っ」

やっぱり怜くんはなんでもお見通しなんだね。

言わなくても、わかってくれる。

「ありが、とう」

うれしくて涙があふれそうになった。

でも、怜くんの前で泣いちゃダメ。

「泣きたい時は泣けよ。感情を押しころすのはよくないと思う」

そばまで来たかと思うと、頭を優しくなでてくれた。

大きな手のひらが、心の奥底から感情を引きだしてくれているようで。

よけいに涙が出てくる。

「ありが……とうっ……ひっく」

怜くんの前だと、不思議なほど素直になれる。

いろんな感情が入りまじり、涙が次々にあふれた。

「うっ……く」

嗚咽《おえつ》がもれて、顔は涙と鼻水でぐちゃぐちゃ。

それでも怜くんは、なにも言わずに優しく背中をさすってくれた。

大きくなってからこんなふうに人前で泣いたのは、初めてかもしれない。

「ごめん、ね。もう、大丈夫」

「落ち着いたか？」

「うん、ありがとう」

「俺、雪村のこと好きだし。いつでも頼ってくれていいから」

——ドキン
好きって、友達としてって意味だよね。

きっと深い意味はない。

そう言いきかせて、怜くんに向かってにっこり微笑んだ。

「ありがとう」

「いや、べつに。つーか、咲花って呼んでいい？」

照れたように頬をかきながら、顔をのぞきこまれた。

整った綺麗な顔立ちにドキッとする。

やっぱり、怜くんはカッコいい。

「うん、もちろんだよ」

「咲花」

——ドキン

名前を呼ばれただけなのにどうしてかな、こんなにも自分の名前が特別に感じるのは。

うれしいなんて思っちゃってる。

「怜、くん」

「ぷっ、俺が呼んだんだけど」

「な、なんだか、呼び返さなくちゃいけない気がして」

「はは、なんだよそれ」

怜くんの笑顔に胸が熱くなって、とっさに目をそらした。

すごく、すごく好き。

「俺、これからはわかりやすいように接していくから。いくら咲花が鈍感でも、気づいてもらえるように」

「え?」

「今はわからなくていいから。そのうちわかるだろ、そのうち」

「?」

そんなことを言われたら、よけいに知りたいって思うのは私だけ?

「いいんだよ、そのうちまた言うから。次は冗談で流されてたまるかよ」

ますますわけがわからなかったけど、怜くんはそれ以上なにも言ってくれなかった。

家に帰るとお母さんが玄関で待ちかまえていた。

「どこに行ってたの？」

「どこって、公園だよ」

泣いたのがバレないように、うつむき気味に答えた。

「公園？　この大事な時に？」

険しくなるお母さんの声。

さっきまで怜くんといて落ち着いていた気持ちが、再びどんより暗くなっていく。

「家を抜けだすヒマがあるなら、勉強したらどうなの？　小さな積みかさねが将来を作っていくのよ？」

「………」

またはじまった。

口を開けば勉強勉強って、それしか頭にないのかな。

お母さんを見ないようにして、靴を脱いで家に上がる。

リビングには寄らずに、部屋へ行こうと階段に足をかけた。

「聞いてるの？　咲花は、どれだけお母さんを失望させれば気がすむのよ」

失望……。

やっぱり、そんなふうに思っていたんだ。

わかっていたけど、口にだして言われるときついものがある。

胸に冷たい空気が流れ込み、うまく息ができない。

「次のテストでは必ず挽回《ばんかい》するのよ。今より少しでも下がったりしたら、咲花のことなんてもう知らないわ」

自然と足が止まって、そこから動けない。

もう、知らない。

私なんて、いらないってこと……？

バクバクと心臓が嫌な音を立てる。

次のテストで成績がよくなかったら、お母さんに見はなされる。

捨てられる。

「精いっぱいがんばることね」

そう言いのこして、お母さんはリビングに行ってしまった。

複雑な気持ちのままなんとか足を動かして自分の部屋に入る。

ベッドに倒れこみ、ギュッと目を閉じた。

もうなにも考えたくない。

頭と心がぐちゃぐちゃで、胸がはりさけそうだった。
――ピロリン
カバンの中でスマホが鳴り、手探りでつかんだ。
届いていたのは怜くんからのメッセージ。
『なにかあったらいつでも連絡しろよ！』
たったそれだけだったけど、ぐちゃぐちゃな心に光がさしたような気がした。
怜くんは私にとって太陽みたいな存在。
怜くんに救われたよ。
ほんとにありがとう。
私のことを認めてくれる人がいる。
ひとりじゃないんだって思えて、かなり心強かった。

朝、駅で電車を待っていると、うしろから誰かに肩を叩かれた。

「よう」

――ドキン
「お、おはよう」

十月に入って衣替えの季節になり、学ラン姿の怜くん。

中学の時はブレザーだったから、学ランはなんだか新鮮で。

背が高くてスタイルがいいから、とてもよく似合っていてカッコいい。

「早いね」

「まーな。これから毎日この時間に行くことにした」

「あ、そうなんだ。なにかあるの？」

「なにかって……それは、まぁいろいろと」

鼻をかきながらなぜか口ごもる怜くんに、疑問が浮かぶ。

いったい、なにがあるんだろう。

「つーか、俺のことはいいんだよ。最近元気ないみたいだけど、なんかあったのか？」

「え？　いや、あの……」

そう聞かれると、素直になにがあったなんて言えなくて。

「勉強のことで、ちょっとね」

私の中ではちょっとどころじゃないけど、曖昧にごまかした。

「真面目だな、咲花は」

「そ、そんなことないよ」

咲花って呼ばれなれていないから、そのたびにドキッとする。

「いや、いいかげんな俺からすると、かなり真面目。それにがんばりすぎな」

「そんなこと、ないよ。実力テストの結果、すごく悪かったし。お母さんに怒られちゃった」

「俺なんて、いっつも怒られてるけどな。アンタはなに考えてんのかわからないって」

「え、そうなの？」

ものすごく意外だ。

「もっと感情表現を豊かにしろって」

「あは、そうなんだ」

感情表現が豊かな怜くんって、どんなだろう。

それはそれでちょっと見てみたい気もするけど、クールなイメージが強いから想像がつかない。

口もとを隠して笑っていると、なぜか真顔で見つめられた。

「やっと笑ったな」

「え？」

「さっきまで悲壮《ひそう》な顔してたから。やっぱ、咲花は笑ってんのがいちばんいい」

「……っ」

「ツラくなったら、我慢せずに言えよ？　いつでも飛んでってやるから」

「あ、ありがとう」

飛んでってやるだなんて、まるで彼女にでも言うかのようなセリフ。

友達だからっていう意味だよね？

その優しさはうれしいけど、甘えちゃっていいのかな。

「怜くんって、優しいね」

「普通だろ。なんとも思ってない奴には冷たいって自覚してるし」

なんとも思ってない奴には冷たい。

それって、少なくとも私のことはなにかを思ってくれてるってこと？

だから優しくしてくれるの？

「中学の時は、そんなイメージなかったな」

クールな一匹狼で、どこか近寄りがたくて。

人を寄せつけないようなオーラを放っていたから、そんな怜くんを見ていつもビクビクしてた。

でも今はこんなに好きだなんて、ほんとに不思議。

気持ちって変わるんだね。

怜くんを好きになって、初めてわかった恋する気持ち。

一緒にいるだけでなんとなく気分が明るくなって、嫌なことがあっても一瞬で吹きとんじゃう。

怜くんの優しさは、私の心にとてつもない安らぎを与えてくれる。

「今の俺はどんなイメージ？」

「自分の気持ちに正直で、素直な人だなって」

「ただの自己中な奴だと思うけどな」

「そんなことない！　怜くんは優しいよ。だって、こんな私をすごいって。そんなこと言ってくれたのは、怜くんだけだから」

初めて人に認めてもらえたみたいで、ものすごくうれしかったんだ。

必死になって訴えると、怜くんは目を見開いて驚いたような表情を浮かべていた。

「咲花のそんな顔、初めて見た」

やわらかく笑う怜くんに、胸が熱くなる。

「ご、ごめんね。なんか力説しちゃった」

でも、これが私の本音だから。

「そうやって思ってることを口にしてる姿、いいと思うけど」

思ってること、か。

怜くんになら、なんでも言える気がする。

「やっぱり私は咲季ちゃんのようにうまくはやれないし、勉強だってほんとは嫌いだし、いい大学になんて行きたくないと思ってる。でもお母さんは違うみたいで、勉強勉強って」

唇が震えて、拳に力が入る。

こんなこと、ほんとは言いたくない。

でも、止まらなかった。

「テストでいい点を取ることしか頭になくて、でも私は期待に添えなくて。お母さんを裏切ってばかり。次に成績が下がったら、もう……」

知らないって。

私はお母さんに見捨てられるんだよ。

情けないでしょ？

やっぱり、ダメな奴でしょ？

でもね、怜くんはそんなふうに思わないって感じたの。

だからこうして話せたのかもしれない。

「とりあえず、行くぞ」

怜くんがどんな反応をするのかが怖くて顔を上げられずにいると、スッと腕が伸びてきた。

力強くギュッと手を握られて、ゆっくり引っぱられる。

「れ、怜くん？」

それは予想もしていなかった行動で。

いつも電車に乗るはずのホームから遠ざかり、階段を下りて改札を抜けようとしたところで思わず声をかけた。

だって、どこに行くの？

「いいから、ついてこいって」

「で、でもっ」

遅刻しちゃうよ？

改札を抜けて解放感あふれる外の空間に出ると、秋の涼しい風が肌をかすめた。

視線の先には、歩くスピードに合わせてサラサラなびく怜くんの髪。

耳につけてるピアスがとてもオシャレで、風に吹かれるたびにチラチラと髪の間からのぞいている。

つかまれた腕がものすごく熱を帯びて、ドギマギしながら歩いた。

駅前のにぎわった場所を通りぬけ、私の家がある閑散とした住宅地に向かって進んでいく。

静かな住宅街だけどラッシュの時間はやっぱり車どおりが多くて、ちょっとした渋滞なんかもできている。

数台の車のあとに、たくさんの乗客を乗せたバスが並んでいるのが見えた。

渋滞の原因となっていた信号が青へと変わり、車がどんどん流れていく。

そんな光景をぼんやり見つめながら、どんどん進む。

それから十分後。

怜くんに連れられてやってきたのは、いつもの高台の公園だった。

お気に入りの展望台のそばまでくると、怜くんはつかんでいた手をパッと離して私に向きなおる。

「ここに来たら元気が出るんだろ？」

「あ、えっと、そうだけど」

でも、学校は？

私が真面目すぎるせいなのか、そんなことを思ってしまった。

「たまにはサボるのもいいだろ。咲花はマジでがんばりすぎだからな」

私のことを心配して連れてきてくれたの？

ここが好きだって言ったこと、覚えてくれてたの？

「こうやって息抜きしねーと、マジでいつかつぶれるぞ」

「う、うん。でも、私ひとりじゃとても……」

こんなことはできない。

夏期講習をサボったことはあっても、学校をサボるのは初めてだ。

お母さんが知ったら、また失望するかな。

今度こそほんとに見離されるかもしれない。

「咲花はひとりじゃねーし。時にはなーんも考えずに、頭真っ白にしてみろよ」

「頭を真っ白に？」

「ぐちゃぐちゃな頭でなにかを考えても、いい答えは見つからねーだろ？　だったら一回空っぽにして、一《いち》からやり直すんだよ」

怜くんははるかに大人で、説得力のあることを言う。

私の頭にはなかった考えだけど、すんなり入ってくるのは怜くんの言葉だから。

目を閉じて、周囲の音に耳をかたむける。

周りに生い茂った木々の葉がすれる音、小学校から子どもたちの楽しそうにはしゃぐ声。

そっと髪を揺らす秋風。

今こうしてここに立っていること。

隣に怜くんがいてくれること。

私はひとりじゃない。

ひとりじゃないんだ。
ふとそんなことを思ったら、少しだけ心が軽くなった。
いつもいつも、怜くんには感謝しかないよ。
ほんとに――。
ほんとに、ありがとう。
私、もう少しだけがんばれそうだよ。

それぞれの想い

なんとなく気持ちが上向きになったのは、まちがいなく怜くんのおかげ。

なんでも話せるようになり、前よりは友達らしくなれたと思う。

今のままでも十分幸せ。

「雪村、プリント回ってきてる」

「えっ⁉」

隣の席の怜くんから指摘され、ハッとする。

前を向いたままぼんやりしちゃっていて、見えていなかった。

「ご、ごめんね」

あわててプリントを受けとった。

「咲花ちゃんってば、ボーッとしすぎなんだから」

クスクス笑う瞳ちゃんの横で、三沢くんまでもが振り返った。

「ド天然だよなー、雪村は。なー、怜？」

「まぁな。雪村ほど天然な奴はなかなかいない」

怜くんは、みんながいる前では私のことを名字で呼ぶ。

怜くんの性格からして、からかわれるのが嫌なんだと思う。

だからこそ、下の名前で呼ばれることに特別な感じがしてドキドキしてしまう。

誰にも聞かれたくない、聞かせたくない。

それは、私だけの特別だから。

なーんて、怜くんにとってはなんの意味もないことなのかもしれないけど。

「またボーッとしてるだろ」

クスッと笑われて、思わずドキッとした。

怜くんの笑顔は、私の心臓を一瞬で壊すほどの破壊力をもっている。

「し、してないよ」

今は……怜くんに見とれてたんです。

目が合うたびにドキドキして、尋常じゃないほど緊張感が高まる。

好きだって気づいてから、どんどん気持ちが大きくなっていってる気がするよ。

気だるそうに頬づえをついて授業を聞く姿も、真剣にノートを取る横顔も、三沢くんと話しているところも……全部、好き。

そう、好き。

「咲花ちゃん、まっ赤だよ？　今、怜くんのこと見てたでしょ？」

「み、見てないよっ！」

瞳ちゃんからそうからかわれてカーッと身体が熱くなった。

こんなにムキになったら否定しても信じてもらえるはずもなく、瞳ちゃんはクスクス笑うだけだった。

うう、恥ずかしい。

「か、からかわないでよー！　もう」

プクッと頬をふくらませると、瞳ちゃんはうれしそうにさらに目を細めた。

「ごめんね。まっ赤な咲花ちゃんがかわいくてさ。今日の帰り、ちょっとだけ時間ある？」

さっきまで笑っていたかと思えば、今度は真剣な表情。

いったい、どうしたんだろう。

「うん、少しだけなら」

「駅前のドーナツ屋さんに寄っていかない？　話したいことがあるの」

話したいこと。

それはきっと、今ここではできない話なんだろうって察しがつく。

なんとなく三沢くんのことなんだろうなって思いながら、うんとうなずいた。

放課後のドーナツ屋さんは、たくさんの高校生でいっぱいだった。

空いていた席を確保し、ドーナツと飲み物を買いおえてホッと一息ついたあと、瞳ちゃんが唐突に切りだした。

「三沢くんにね、好きな人がいるって話したじゃん？」

やっぱり、予想どおり。

話したいのは、三沢くんのことだ。

うんと相槌を打ちながら、瞳ちゃんの目を見る。

なんだか切なげな、泣きそうな表情を浮かべている。

それだけで、言いたいことがなんとなくわかったような気がした。

「今度ね、告白するんだって」

「告白？」

「うん。初恋の相手らしくて、一度はフラれたんだけどあきらめられなくて。また告白するんだって」

目をまっ赤にして、涙をこらえている瞳ちゃん。

ツラい気持ちが伝わってきて、ズキッと胸が痛んだ。

「三沢くん、その子のことがすごく好きなんだなって……私の入る隙なんてどこにもないし、これ以上どうがんばればいいのかわからなくて」

そう言って、瞳ちゃんは涙ぐんだ。

「三沢くんと距離が近くなったのはいいけど、好きな人のことを聞くのはやっぱりツライや……」

そうだよね。

恋する気持ちは私も同じ。

もし怜くんから瞳ちゃんの話をされたら、私だって苦しいと思う。

泣きたくなると思う。

今なら瞳ちゃんの気持ちがよくわかる。

「告白、しないの？」

「うーん……今しても、望みは薄いしね。でもだからって、あきらめることもできそうにない。いっそのこと、ほかの人を好きになれたら楽なのにね」

そう言いながら、瞳ちゃんはそっと涙をぬぐった。

三沢くんのためにかわいくなろうと努力して、おさげ頭とメガネをやめた瞳ちゃん。

泣いている姿までもが、女の子らしくてとてもかわいい。

私はといえば、大切な友達が泣いてるのにオロオロしっぱなしで、言葉が見つからない。

どう言ってあげるのがいちばんいいのかな。

こんな経験は初めてだから、うまくアドバイスができなくてもどかしい。

なにを言えば、楽になるのかな。

だけど今の瞳ちゃんには、なにを言っても気休めにしかならないような気がする。

だからこそ、簡単なことは言えなかった。

「ごめんね……困るよね、こんなこと。私でさえ、どうすればいいかわからなくてぐちゃぐちゃなのに。咲花ちゃんに言っても、わからないよね」

「ううん、うまく言えなくてごめんね。でも、瞳ちゃんのツラさはわかるから」

だから元気をだして。

瞳ちゃんに泣き顔は似合わないよ。

「ありが、と……わかってもらえただけで、十分だよ」

瞳ちゃんのツラさがわかるから、胸がヒリヒリズキズキした。

「怜くんが協力的じゃなかったのは、三沢くんに好きな人がいるのを知ってたからだよね。それなら……言ってくれればよかったのに」

「それは……言えないよ。瞳ちゃんがショックを受けるってわかってたから、傷ついてほしくなかったんだよ」

それは怜くんの優しさで、そこには瞳ちゃんに対する想いがたくさんつまっていて。

だからこそ言えなかったんだよ。

私もそうだもん。

「言えない、か。でも、それでも言ってほしかったな。まぁ、言われたとしてもあきらめられなかったと思うけどさ」

簡単にどうにかなる気持ちだったら、こんなに苦しんだりはしないはず。

どうにもできないからこそ悲しくて、切なくて、悔しくて、どうにかしたいと思ってる。

どうにか振り向いてほしくて、必死なんだよね。

今だからこそ、瞳ちゃんの気持ちがよくわかる。

でも私は怜くんとどうにかなりたいとか、振り向いてほしいとか思ってない。

怜くんには幸せになってほしいと思ってるんだ。

相手が私じゃないとしても、怜くんの幸せを願う。

だってやっぱり、好きな人が苦しんでいる姿を見るのは嫌だから。

瞳ちゃんとバイバイしたあと、電車に乗って地元まで帰ってきた。

瞳ちゃんは最後はぎこちなく笑っていたけど、どう考えてもツラいに決まってるよね。

大丈夫かな。

「雪村さん！」

改札を出たところで、前方から誰かに名前を呼ばれた。

ビックリしてあたりをキョロキョロ見回すと、遠くにこっちに向かって大きく手を振る長谷部くんの姿を見つけた。

人の波をかきわけて長谷部くんのもとへと向かう。

「よ、久しぶりだな」

「あ、うん。久しぶり」

夏期講習以来だから、一カ月半以上経っていることになる。

久しぶりに会った長谷部くんは紺のブレザーにネクタイ姿で、爽やかに制服を着こなしていてオシャレな印象。

また背が伸びたのかな。

髪の毛も伸びて、夏よりも大人っぽくなっているような気がした。

「元気だった？」

「元気だよ、長谷部くんは？」

「元気っちゃあ元気だけど、勉強ばっかの日々で、いいかげん嫌になるよ」

そう言ってかわいく笑う長谷部くんは、少し疲れたような表情を浮かべている。

「そんなに大変なの？」

「俺、医大目指してるからさ」

「そうなの？　すごいね！」

まさか、この歳で夢をもっているなんて。

やりたいことが見つからない私とは違って、長谷部くんはすごいなぁ。

「親が医者だからっていうのもあるけど、人のためになるようなことがしたくてさ」

「やりたいことがあるんだね。私はないなぁ。まだ、なにがしたいのかもわからないし」

「まぁ、そんなに焦る必要ないよ。ふとした時に浮かんでくることもあるしね。話変わるけど、羽山とはうまくいってる？」

「えっ⁉」

あまりの話題の変わりように、ビックリして長谷部くんを二度見する。

「ど、どうしたの、急に」

「いやー、うまくいってなかったらチャンスかもしれないと思ってさ」

と、からかうような表情。

でも、その瞳はとても真剣で、冗談を言っているようには見えない。

うう。

そんなこと、サラッと言わないで。

どう返事をすればいいのかわからないじゃん。

真剣だからこそ、よけいに。

「俺、雪村さんのこと、まだあきらめてないから。っていうか、会ったらダメだな。一瞬で気持ちが戻った」

頬を赤く染めて、やわらかくはにかむ長谷部くん。

ドキドキするのは、こんなにストレートに気持ちを伝えられなれていないから。

「は、長谷部くんって、大胆だよね」

「いや、羽山ほどではないと思うけど」

「え？」

「俺に敵意むきだしだったし、意外とお子さまだよな。そんな羽山とまだ進展ないんだ？」

「そ、それは、ないよ。っていうか、私たちはそんなんじゃないもん。友達でいられたら、私はそれでいいと思ってる」

「友達、ね。雪村さんの気持ちはその程度なんだ？」

長谷部くんは痛いところをグサグサ突いてくる。

「……怜くんには、ほかに好きな人がいるし」

「ほかに好きな人？　それって羽山から直接聞いたの？」

「いや、それは……」

聞けないよ、そんなこと。

「雪村さんがその程度の気持ちなら、俺はあきらめないから」

——ドキッ
あきらめないからって。

長谷部くんって意外と強情というか、芯《しん》が強くてブレない人なんだ。

いいところなんてひとつもない私のことを、ここまで想ってくれる人はほかにいないかもしれない。

長谷部くんの彼女になったら、きっと幸せなんだろうな。

それはわかるけど、でも。

でも——。

どうしてかな、怜くんがいいって強く思ってしまうのは。

私の心にいついて離れてくれない。

会えない時でも、いつも怜くんのことを想ってる。

これって私が自覚している以上に、もっとずっと怜くんのことが好きってことなのかな。

きみのことを想うと、こんなにも胸が苦しいの。

ほかに好きな人がいるのを知っていながら好きになるなんて、バカだよね。

「試しに付き合ってみるっていう手もあるから、その気になったら教えてよ」

「そんなこと……できないよ」

こんな気持ちのまま、長谷部くんと付き合うなんてムリだ。

「その気になったらでいいから。羽山のことを忘れたくなったら、俺を利用してくれていいよ」

「そ、そんな……」

利用するだなんて。

「勝手なことを言ってんのはわかってる。でも、俺も必死なんだよ。どうにかして雪村さんを振り向かせたいって」

「……っ」

身体をかがめて、私の耳もとに唇を寄せる長谷部くん。

爽やかな柔軟剤の匂いがして、思わずドキッとする。

「手に入らないものほど、ほしくてたまらないっていうのかな」

クスリと笑ったのが気配でわかった。

長谷部くんはずるい。

ドキドキさせるように、わざとそんなことを言うんだもん。

女の子のツボを押さえてるっていうのかな、好きなわけじゃないのに顔が熱を帯びていく。

「はは、まっ赤だけど？」

「も、もう……！　からかわないで」

「ごめんごめん」

絶対そんなこと思ってないでしょっていうくらい、楽しげな表情を浮かべる長谷部くん。

夏休みに会った時は初々《ういうい》しい感じだったのに、いつの間にこんなに変わったんだろう。

「赤い顔した雪村さんもかわいい」

「なっ……」

また、そんなふうにからかって。

楽しんでるでしょ？

そう思ってスネた目で長谷部くんを見上げてみれば、思わぬ至近距離で目が合った。

――ドキッ
ち、ちかっ。

あわてて距離を取ろうと、うしろへ下がる。

「そんなに思いっきり逃げなくても」

「ビ、ビックリしちゃって」

赤くなった顔を隠すようにうつむく。

なんでこんなにドキドキしてるんだろう。

「動揺してる雪村さんもかわいいよ」

やめてください、ほんとにもう。

「ごめんごめん、でも本当だから仕方ないよ。じゃあ、そろそろ塾だから。また連絡するよ」

「え、あ、うん。がんばってね」

ひらひらと手を振りながら遠ざかっていく背中。

長谷部くんは、よくわからない。

どうして私なんかのことを好きでいてくれるのかな。

サラッと恥ずかしいことも言うし、なにを考えているんだろう。

駅を出るとさっきまで晴れていたはずの空が、今にも雨が降りだしそうな灰色に染まっていた。

うわー、傘持ってきてないのに。

急げば家まで十分くらいだけど、あいにく今日はカバンに辞書やら教科書やらノートやらが入っていて肩がちぎれそうな重さなので、そんなに早く走れそうもない。

どうしようとためらっている間に、ポツポツと雨が降りだしてアスファルトを濡《ぬ》らしていく。

次第に雨足はザーザーと激しくなり、仕方なく待つしかなくなった。

どうやって時間をつぶそうか。

少し肌寒いし、隣にある本屋さんにでも行ってみようかな。

屋根のある通路を歩いて隣の本屋さんの自動ドアをくぐる。

店内はほのかに温かくて、心地よかった。

とくにほしいものはなかったけど、なんとなく見てまわる。

ファッション誌をパラパラめくりながら、時間がすぎるのを待った。

だけど十五分が経っても、雨はやむ気配を見せない。

店内には同じように雨宿りをする学生たちの姿があって、チラチラ外を気にしながら退屈そうにしていた。

正面のガラス窓からは、まだまだ勢いが衰えない雨に帰宅を急ぐ人たちの姿がたくさん見える。

さらに空は薄暗くなり、ピカッと稲光りが走った。

うわー、どうしよう。

この手の雨は、きっとしばらくはやまないよね。

どうして折りたたみ傘を持ってこなかったんだろう。

咲季ちゃんなら、こんなミスは絶対にしない。

やっぱり私はダメだなぁ。

お母さんも呆れるわけだよ。

「咲花？」

ひとり暗い気持ちでどんより沈んでいるところに、聞き覚えのある声がした。

立ち読みしていたファッション誌から視線を外して顔を上げる。

「やっぱり咲花だ！　外から見えたから、そうかなって」

「さ、咲季ちゃん……！」

ニッコリ笑う咲季ちゃんの手には、白地に赤とオレンジの小さな花が散りばめられた折りたたみ傘が握られている。

「今日、傘持っていかなかったの？」

「あ、うん」

雨宿りしていることがわかったのか、咲季ちゃんは呆れたように笑った。

「じゃあ、一緒に帰ろ」

「いい、の？」

「なに言ってんの、同じ家に帰るんだから」

遠慮がちにそう聞けば、当然だというように弾ける笑顔を見せてくれる優しい咲季ちゃん。

ほんとに咲季ちゃんは、できたお姉ちゃんだな。

私とは大違いだよ。

本屋さんを出て咲季ちゃんの傘にふたり並んだ。

最近さらに大人っぽくなって綺麗になった咲季ちゃん。

「咲花は好きな人いる？」

「えっ？」

ビックリして思わず咲季ちゃんの横顔を見上げる。

「なにそんなにビックリしてるの？　高校生なんだから、好きな人のひとりやふたりは当たり前でしょ？」

今度はクスクス笑って、優しい眼差しで私を見つめる。

私の勝手なイメージだけど、咲季ちゃんは恋愛とは無縁だと思っていたというか。

みんなに優しい、聖女みたいな印象をもっていたんだと思う。

だからこんな話題が出ることに驚いた。

「私さ、高校生の頃、すごく好きだった人がいて。三年間、ほんとにずっと好きで、でもうまくいかなくて……ツラかったな。最近の咲花見てたら、恋愛してるのかなぁって気になって」

「す、好きな人がいたの？」

「まぁ、今は彼氏なんだけど。私の粘《ねば》り勝ちってやつ？」

頬を赤らめながら幸せそうに笑った。

信じられない、咲季ちゃんが恋愛をしていたなんて。

しかも、彼氏がいるだなんて。

寝耳に水とは、まさにこのこと。

にわかには信じられなかった。

「このこと、お母さんには内緒ね？　バレたらうるさいと思うから」

「あ……うん」

咲季ちゃんでも、お母さんの目を気にすることなんてあるんだ。

なんだか知らない一面を見たような気がする。

咲季ちゃんも普通の女の子だったなんて。

「咲花はどうなの？　恋愛してる？」

「そ、それ、は……っ」

雨が降って肌寒いにもかかわらず、頬がカーッと熱くなる。

「その様子だと、いそうだな。どんな人？」

「ど、どんなって言われても……」

恥ずかしくて答えられない。

「いいじゃん、お母さんには内緒にしとくからさ」

「ク、クールに見えて、実は優しい人……かな」

「あー、いるいる！　ほかの子には冷たいのに、好きな子だけに優しい人！」

怜くんはそんな感じじゃないと思うけど。

だってまず、好きな子だけにっていうのが当てはまらない。

瞳ちゃんだけに優しいならわかるけど、私にも優しいんだもん。

「でもね、その人にはほかに好きな人がいるみたいなんだ……。咲季ちゃんは、あきらめようと思わなかったの？」

さっきツラかったって言ってたし、瞳ちゃんや私と重なる部分があるから気になった。

どうやって乗り越えたのか、どうしてそこまで好きでいられたのか。

「何度もあきらめようとしたよ？　その人には彼女がいて、勝ち目なんてなかったし。でも、どうしてもあきらめられなかった。何度も何度も告白してはフラれて……ツラくてたくさん泣いたりもした」

過去を思い出して、寂しそうに笑う咲季ちゃん。

なんでももってて、苦労なんかしたこともないと思っていたのに、私の知らないところでツラい恋をしてたんだね。

「最後のほうは意地だったのかな。彼女とうまくいってないって聞いて、弱みにつけ込むようなマネもしたし。どうにかして振り向いてほしいって必死だったな」

「そうなんだ」

「卒業式の日に彼から告白された時は、すごくうれしかったなぁ。あきらめないでよかったって思ったよ。だから、咲花もがんばってね！」

「わ、私は見ているだけでいいから。相手の幸せを願ってるよ」

「えー、そんなのツラいだけじゃん。好きならぶつからなきゃ」

「ム、ムリだよ」

ぶつかるなんて。

私はそんなの望んでない。

「思ってることを素直に伝えてもいいんだよ？　彼にも、私にも……もちろん、お母さんにもね」

「……っ」

「咲花の奥手な性格はわかってるつもりだけど、いつか爆発《ばくはつ》しちゃいそうで心配なんだよ」

眉を下げて不安げな表情を浮かべる咲季ちゃん。

「だ、大丈夫だよ。心配しないで」

「するよー、するする！　大事な妹なんだからさ」

「あり、がとう」

まさか、咲季ちゃんがそんなふうに思ってくれてるなんて知らなかった。

私が知らないだけで、そんなことってたくさんあるのかな。

「なにかあったらいつでも相談してね！」

優しく笑う咲季ちゃんに、やっぱりどうしてもお母さんのことは言えなかった。

Dear * 4

広がるモヤモヤ

「よう」

「お、おはよう」

もうすっかり日課になってしまった、朝の駅でのやりとり。

今日はなんと、怜くんが先に来て改札の前で待っていてくれた。

約束をしているわけじゃない。

でも、いつからか怜くんと登校するのが当たり前になってしまった。

同じ制服を着た高校の生徒が、興味深そうに好奇の目を向けてくる。

こうして一緒に登校するようになってから、一部で私たちが付き合っているというウワサが流れているらしい。

「もうすぐ文化祭だな」

「そうだね。そろそろ準備がはじまるね」

「バイトもあんのに、だるいとしか言いようがない」

お祭りごとが嫌いらしい怜くんは、大きなため息を吐いた。

うちのクラスはメイド&執事《しつじ》喫茶をやることになっていて、怜くんはくじ引きで執事役に決まっている。

どうやら、それがとても嫌みたい。

私は似合うと思うんだけど、前にそう言ったら本気で嫌がられたからそれ以上はなにも言っていない。

ちなみに私は裏方担当で、表に出ることはないから、ホッとしているんだけど。

もしメイド役に当たったら、怜くんのようにため息の連続だったかもしれない。

電車に乗って学校の最寄り駅に着くと、ここでいったん、怜くんとはバイバイする。

私は徒歩で、怜くんは自転車。

「咲花ちゃーん!」

ひとりでゆっくり歩いていると、背後からこっちに向かって駆けてくる足音が聞こえた。

毛先をゆるくカールした髪を揺らしながら、笑顔で走ってくる派手な女の子。

「ま、前野さん。どうしたの?」

「えへへ、見たぞっ」

かわいくてオシャレなクラスメイトの前野さんは、肘《ひじ》でツンツン私の脇腹をこづく。

フワッと甘い香りがしてメイクもバッチリな前野さんは、以前にも増して女子力高め。

「見たって……？」

「怜くんと一緒だったでしょ？　付き合ってるの？」

「ま、まさか……っ！」

「照れなくてもいいじゃん。怜くんって普段ほかの子には冷たいから、咲花ちゃんとっていうのが意外でさ。最近、ほかのクラスの友達にも、ふたりのことをよく聞かれるんだよね」

「つ、付き合ってなんかないよ……！」

「ほんと？」

うんうんと大げさなほど大きくうなずいてみせる。

私が思っている以上に、ウワサは広まっているのかもしれない。

だとしたら、怜くんにとっては迷惑なんじゃないかな？

「なんだ、そっかぁ。じゃあ渡辺さんと付き合ってるの？　この前の雨の日に、ふたりで相合《あいあ》い傘しながら歩いてるところを見かけたんだけど」

えっ？

雨の日に相合い傘をしてた？

——ズキッ

「今日は今日で咲花ちゃんといるし、どっちかと付き合ってるのかと思って聞いてみたんだ」

興味津々《きょうみしんしん》といった表情で私に詰めよる前野さんがウソをついているようには見えなくて、心がどんより重くなっていく。

「その時の渡辺さん、泣いてるみたいだったんだよね。怜くんも怜くんで、背中をさすってあげてたし」

「そ、そうなんだ……」

怜くんが幸せならそれでいい。

私は怜くんの幸せを願っているんだから。

そう思っていたはずなのに、どうしてこんなにショックを受けてるの。

モヤモヤするの？

瞳ちゃんは悪くない。

そんなのわかってる。

でも、黒いモヤモヤが心をおおいつくしていく。

瞳ちゃんは、三沢くんのことが好きなんでしょ？

だったら怜くんと仲良くしないでよっていう、嫉妬まじりの理不尽《りふじん》な感情と、なんだかわからないドス黒いものが心に渦巻いていく。

苦しくて、うまく息が吸えない。

前野さんには適当にごまかしたけど、うまく笑えていたかどうかはわからない。

ただどうしてこんな気持ちになるのかがわからなくて、瞳ちゃんに対して黒い感情を抱く自分が本当に嫌になって、自己嫌悪《じこけんお》に陥った。

私って……ほんとに性格が悪いよね。

大好きなはずの瞳ちゃんに、そんな感情を抱くなんて。

学校に着いて瞳ちゃんがいつものように話しかけてきても、気分が浮かなくていつものように返事ができない。

「どうしたの？　なんだか元気なくない？」

「べつに、なんでもないよ」

心配してくれているのに、冷たい言葉しか返せなくて。

やっぱり私ってつくづくダメな奴だなって思えば思うほど、どんどん気分が沈んでいった。

「ねぇ、怜くん。今日三沢くんは？」

「さぁ、サボりなんじゃねーの？」

「……そっか」

一時間目の授業が終わって、まだ登校してこない三沢くんを心配する瞳ちゃん。

学校にはなんの連絡もないそうで、先生もクラスメイトの私たちに知っているかと聞いてきたほどだった。

「そのうち来るだろうから、元気だせって」

「うん、ありがとう」

斜め前で繰り広げられる会話に意識が集中する。

こんな時、近くの席ってちょっと嫌だな。

瞳ちゃんの安堵《あんど》した表情や、怜くんの心配そうな顔が見えてしまうから。

瞳ちゃんに対する怜くんの気持ちを、改めて痛感させられてしまうから。

「そういえば、もうすぐ怜くんの誕生日でしょ？　プレゼント持ってお家に押しかけようかなぁ」

「はぁ？　絶対来んな」

「えー、そんなこと言われたらよけいに行きたくなっちゃうよ。ねー、咲花ちゃん」

「え？」

いきなり話を振られて、目を見開く。

知らなかった、怜くんの誕生日だなんて。

どうして瞳ちゃんは知ってるの？

怜くんが話したの？

そんなことにさえ嫉妬して、モヤモヤが広がっていく。

どれだけ心が狭いの、私。

「一緒に行こうよ、怜くんの家」

男子の家に行こうだなんて言えちゃう瞳ちゃんがすごい。

もしかして、何度も行ってるの？

だからそんなに簡単に行こうだなんて言えるのかな。

考えだしたらキリがなくなって、どんどん妄想《もうそう》がふくらんでいく。

そんなにふたりの距離が縮まっていたなんて、知らなかった。

今は三沢くんを好きな瞳ちゃんだけど、いつか怜くんを好きになる日が来るのも近いのかもしれない。

あきらめなければ想いはかなうって教えてくれたのは、咲季ちゃん。

ずっと好きで、あきらめられなくて片想いしつづけた結果、振り向いてもらえたんだもん。

怜くんも、いつか瞳ちゃんに振り向いてもらえると信じて、がんばってるのかな。

もし、もしも——。

ふたりが両想いになったら、私は心から祝福できる？

想像するだけで涙があふれそうになるのは、どうして？

いくら考えてみても、その答えは見つからなかった。

でも私はやっぱり怜くんには笑っていてほしいから、ツラくてもふたりの幸せを願うよ。

もうあきらめよう。

やめよう。

そうしなきゃ、取り返しがつかなくなる。

今ならまだ大丈夫。

まだ間に合うから、好きな気持ちを消さなきゃ。

そうじゃないと、ふたりの前でうまく笑える自信がなくなってしまう。

翌日、いつもより早めに家を出て一本早い電車に乗った。

怜くんと一緒に行く約束をしていたわけじゃないし、べつにいいよね。

こうでもしなきゃ、あきらめられないから。

少しだけ罪悪感を感じたけど直接伝える勇気がなくて、こんな形でしか表せなかった。

「なんで先に行ってんだよ？」

チャイムが鳴るギリギリに教室に着いた怜くんは、ムッと唇をとがらせて不機嫌な態度を隠そうとしない。

軽くにらまれ、うっと言葉につまる。

でもがんばれ、私。

「こ、これからは、もう一緒に行けない。約束してるわけじゃないし」

「なんだよ、急に」

「勉強に専念したいの。怜くんが一緒だと、集中できないから」

とっさに思いついた言い訳を並べる。

勉強に専念したいなんてウソ。

ほんとは、これ以上一緒にいるとツラくてたまらないから。

だから、こんな方法しか思いつかなかった。

「勉強、か。今までムリやり付き合わせて、悪かったな」

「む、ムリやりだなんてっ、そんな!」

「俺、頭悪いから教えてやることできねーし。でもまぁ、あんまり根《こん》つめるなよな」

「……っ」

どこまでも優しい怜くんに、複雑な気持ちでいっぱいになる。

「切羽《せっぱ》つまったら話くらいは聞くから、いつでも連絡しろよ」

そう言って、怜くんはぎこちなく微笑んだ。

普通の友達として接することができたら楽なのに、私の心臓は怜くんにだけ過剰《かじょう》に反応してしまう。

そうやって笑いかけられると、せっかく決心したのに揺らぎそうになる。

好きでいるのをやめることなんて、私にできるのかな。

ううん、弱気になっちゃダメ。

あきらめるんだから。

普通の友達でいなきゃダメ。

怜くんの恋を応援するんだから。

私のこの気持ちはまちがいで、怜くんに向けるべきものじゃない。

怜くんにとっては迷惑でしかないから、やめなきゃいけないの。

なんとも思ってない。

違う、これは恋なんかじゃない。怜くんのことなんて、好きじゃない。


「咲花ちゃん、最近ほんとにヘンだよ？　どうしたの？」

「え？　普通だよ」

「そうは見えないよ。いったい、なにがあったの？」

「なんでもないってば。あ、私、職員室に呼ばれてるんだった！　ちょっと行ってくるね」

「え？　ちょっと……」

心配顔を浮かべる瞳ちゃんの横を通って教室を出た。

ここ数日、こんな形で瞳ちゃんのことを避けてしまっている。

明らかに不自然な態度を取っているから、なんでもないなんて言ったってバレバレなんだと思う。

でも、瞳ちゃんにほんとのことなんて言えるわけがない。

それから二日経った放課後。

外の景色はすっかり秋色に染まって、黄色く色づいたイチョウの葉がひらひら舞っている。

カーディガンをはおっていても肌寒くて、屋外の掃除当番なのにブレザーを着てこなかったことを後悔する。

考え事をしながら落ち葉をかき集めていたら、すっかり遅くなってしまった。

教室に戻ると瞳ちゃんがいて、どうやらいつものように待っていてくれたらしい。

先に帰っていいって伝えたのにな。

「ごめんね、おまたせ」

「大丈夫だよ。あのね、明日怜くんの誕生日なんだけど、これから一緒にプレゼント買いにいかない？　それと、よかったら咲花ちゃんの悩みも聞くよ？」

——ズキン
必死にあきらめようとしてるのに、どうして瞳ちゃんはそんなことが言えるの。

モヤモヤ、ぐるぐる。

黒い感情が胸に渦巻いて、愛想笑いを浮かべることさえできない。

もう放っておいてほしい。

「怜くんにね、なにがほしいか聞いてみたんだ。そしたら……」

「ごめん。興味、ないから」

もうやめて。

そんなの瞳ちゃんが買えばいいでしょ？

私があげるより喜ぶよ。

どうして私を誘うの。

胸が痛くて苦しくて、唇をキュッと噛みしめる。

「私、怜くんのことなんてなんとも思ってないよ。だから……そんなふうに言われるの、すごく迷惑なんだよね」

自分でもビックリするほど低い声が出た。

喉の奥が熱くて、握りしめた拳が震える。

最低だな、ひどいなって、そんなのは自分で百も承知。

でもどうすることもできなくて、一度口にした言葉は堰《せき》を切ったように次々とあふれだす。

「もう……構わないでくれるかな？」

「どうしたの？　ほんとにヘンだよ、咲花ちゃん」

目をパチクリさせてオロオロする瞳ちゃんは、なにがなんだか理解できないと言いたげだ。

「ごめん……今は、瞳ちゃんと一緒にいたくない」

「そ、そんな」

次第に涙目になり、うつむいてしまった。

自分の席からカバンをつかみ、足早に教室を出ようとドアまで来た時、そこに立ちつくしている怜くんを見つけた。

や、ば。

見られた……？

聞かれた……？

自然と足が止まって、その場から動けない。

ど、どうしよう。

「あ、あの……」
絞りだした声は震えていて、怜くんの顔を見ることができない。
ど、どうしよう……最低だ。
嫌われた。
「いくらなんでも、それは言いすぎじゃねー？」
抑揚《よくよう》のない声で放たれた言葉に、心臓がヒヤリとした。
やっぱり……聞かれてたんだ。
どうして、こんなことになったのかな。
最悪だよ。
怜くんにだけは、自分のこんな姿なんて見られたくなかった。
知られたくなかった、こんな最低な私。
涙があふれそうになって、あわててうつむく。
心臓がドクドクと嫌な音を立てて、今にもはりさけてしまいそう。
ここから早く立ちさりたい。
これ以上、みっともない姿を見せたくない。
そのまま怜くんのそばを通りすぎ、廊下を足早に歩く。
「待てよ」

うしろから腕をギュッとつかまれ、引っぱられた。

身体がぐらつき、足がもつれそうになる。

「は、離して……っ」

いくら振りはらおうとしてみても、力が強くて。

なんで離してくれないの？

瞳ちゃんにひどい態度を取った私のことなんて、放っておいてくれていいのに。

どうして追いかけてくるの？

そんな場合じゃないでしょ？

「瞳ちゃんのそばに……いてあげなよ。弱みにつけこめば、進展するかもしれないよ」

ズキズキ、ヒリヒリ。

自分で言っておいて、ものすごく傷ついてる私がいる。

心にも思ってないのに、感情がぐちゃぐちゃで強がることしかできない。

傷ついてる姿を見せたくなかった。

「私は……ふたりはお似合いだと思う。応援、してるから」

「え、なんだよ、それ」

「怜くんの気持ち、知ってるから。応援してるんだよ」

「俺の、気持ち?」

「瞳ちゃんが好きなんでしょ? 今がチャンスだから……がんばってね。きっと、振り向いてくれるよ」

こんなにも涙があふれそうになるのは、ほんとはそんなことを望んでいないから。

「マジで言ってんのかよ……それ」

ひときわ低く冷たくなった声。

私にこんなことを言われて、気を悪くしたのかもしれない。

空気が冷たくひんやりしたものに変わった。

でも、ここでちゃんとしなきゃ。

「マジ……だよ」

ううん、ほんとはウソ。

思ってないよ、そんなこと。

でも、言えない。

邪魔したくないから。

「そうかよ。じゃあもう勝手にしろ」

怜くんの切なげな声を最後に、腕がパッと離れた。

宙ぶらりんになった手は、行き場をなくしてストンと下に落ちる。

「じゃあな」

冷たい冷たい声だった。

怜くんは私に背を向けて教室へと戻っていく。

近づいたと思っていた距離が、どんどん遠のいていく感覚に見舞われて胸がキリキリ痛い。

どうしてこんなことしかできなかったんだろう。

怜くんは、これから瞳ちゃんと帰るのかな。

なぐさめてあげるんだよね。

私にしてくれたように、泣いてる瞳ちゃんの頭をなでたりするのかな。

「……っ」

そんなことを考えたら、目の前がボヤけて涙が頬を伝った。

ツラい、苦しい、切ない、悔しい。

涙が止まらないのは、私の中にまだこんなにも怜くんへの気持ちが残っているからだ。

遠ざけたのは私なのに、冷たくつき放されて悲しかった。

今まで以上に傷ついた。

そして気づいてしまった。

まだこんなにも怜くんが好きだということに。

次の日から、ふたりとの関係がギクシャクするようになったのはいうまでもなく、一言も言葉を交わさないまま本日最後の授業が終わった。

「どうしたんだよ、マジで。なんで目も合わせようとしないわけ？」

様子のおかしい私たち三人を見て、三沢くんが怜くんに尋ねる。

私は気まずさを感じていながらも机につっぷし、帰りのホームルームがはじまるのをじっと待った。

「おーい、雪村ー！　なにかあったのか？」

寝ているフリをしているにもかかわらず、三沢くんが声をかけてくる。

必死に聞こえないフリをしてやりすごすと、三沢くんは今度は瞳ちゃんにターゲットを移した。

「なにも、ないよ」

「けど、明らかにおかしいだろ。俺に話してみろって。サクッと解決してやるから」

「あは、ありがとう。でも、ほんとになにもないから」

ぎこちなく笑ったのがわかるほど、瞳ちゃんの声には元気がない。

それって……まちがいなく、私のせいだよね。

ズキンと胸が痛んだけど、気づかないフリをする。

「なにもないって言ったってなぁ。ケンカでもしたんだろ?」

どうにかして聞きだしたいのか、三沢くんはあきらめようとしない。

瞳ちゃんも、それ以上どう言えばいいのか、とまどっている様子。

「翠、マジでしつこい」

怜くんが口をはさむ。

「さっさと仲直りしろよー。こっちまでギクシャクするだろうが」

そう、だよね。

確実に雰囲気を悪くしてしまっている。

その原因はすべて私。

それでも三沢くんはマイペースで会話を続けている。

「あ、それと。お前、今日誕生日だろ? ハピバ」

「お前に祝われてもうれしくねー」

「薄情な奴だな。マジでお前は、優しさのカケラもない」

「うっせーな」

冷たくあしらうなかに優しさを感じるけど、明らかに昨日の怜くんの声とは違っている。

昨日は本気で怒っていた。

本気で怒らせてしまった。

きっともう、終わった。

これからは、友達ですらいられないと思う。

嫌われちゃったよね……。

目頭《めがしら》が熱くなって、ジワジワと涙が浮かんだ。

もう放っておいてほしいと願ったのは私なのに、今のこの状況は前まで以上に心がモヤモヤする。

ふたりに対して、どうすればいいのかわからない。

でも、これでよかったんじゃないの？

そうだよ、これでよかったんだよ。

やっとあきらめることができる。

これで完全に忘れられる。

そう自分に都合のいいように考えて、心の奥底に渦巻くモヤモヤした気持ちをかき消した。

どうにもならない恋心

それからは勉強にも身が入らなくて、十月末に行われた中間テストの出来は最低だった。

とはいっても、学年ではちょうどまん中くらいの順位。

それでもお母さんにはダメだったらしい。

「どうしてこんな単純なミスをしたの？　少し考えればわかることでしょ？」

「ごめん、なさい……」

「今まで本当に努力したの？　なにを勉強してたの？　結果がこれじゃあ、サボっていたようにしか思えないわよ」

戻ってきた答案用紙を細かくチェックして、鬼のような形相で眉をつりあげているお母さん。

「や、やったよ！　ちゃんとやった……でも」

いろいろあって、ぐちゃぐちゃで、どうしようもなくて、どうにもならなかったんだもん。

なんてまた言い訳をする自分が、ほんとに嫌だ。

「結果をださないと意味ないでしょ？　そんなのは、やったって言わないのよ！　あなた、将来どうするつもり？」

容赦ない言葉に、グサグサッと胸にナイフが突き刺さったかのように痛い。

わかってる、わかってるんだよ。

でもうまくいかないんだもん。

これ以上どうしろっていうの。

「はぁ。咲花は本当にダメな子ね」

ダメな、子……。

「どうして咲季のようにできないのかしら。咲季はいい子で手がかからなかったのに、あなたときたら手がかかって仕方ないわ」

「……っ」

苦しい、ものすごく。

どうして私はできないのかな。

なんで咲季ちゃんみたいに、器用に生きられないんだろう。

もがけばもがくほど、深みにはまっていく。

身動きがとれなくて、どうすればいいのかわからない。

「咲花は将来のことをどう考えてるの？」

「………」

「咲季と同じ大学に行って、一流企業に入るつもりなんでしょ？　だったら今の成績じゃダメよ。何回言えばわかるのかしら」

私は……。

私は……っ。

「先のことは……まだ、わかんないよ」

「わからないじゃないでしょ。まったく、あなたって子は。どうして咲季みたいになれないの？　育て方をまちがえたのかしらね」

お母さんの呆れた声が耳にこだまする。

『どうして咲季みたいになれないの』

『育て方をまちがえた』

ノイズのように、繰り返し響いてくる。

ヒリヒリ、ズキズキ。

私は……咲季ちゃんじゃないよ？

お母さんはいつも私を見てくれない。

認めてくれない。

咲季ちゃんみたいになれるものなら、私だってなりたいよ？

でも……。

目の奥がカッと熱くなってジワジワと涙が浮かんだ。

どうしてありのままの私を受けいれてくれないの？

お母さんには、お母さんだからこそ、ありのままの私の姿を認めてほしい。

お母さんの目には咲季ちゃんしか映ってないんだね。

だったら……私はナニ？

お母さんにとって、邪魔な存在でしかないのかな。

「塾に行きなさい。そうすれば成績も上がるでしょ。今まで自主的にやらせてきたのが、まちがいだったわ」

「わ、私は……っ！　勉強なんて好きじゃない！　咲季ちゃんと同じ大学に行きたいとも思ってないっ！」

耐えきれなくなって大きな声で叫んだ。

私の声を、気持ちを、ちゃんと聞いてよ。

ねぇ、お母さん。

ありのままの私を受けいれて、認めてほしいだけなんだ。

こんな私でもいいんだよって。

お母さんにまで見はなされたら、私はもう……。

「口を開いたかと思えば、なにを言いだすの？」

「お父さんと離婚してからのお母さんは、勉強勉強って……それればっかり。私、咲季ちゃんと同じ大学には行かないから」

「なにを言ってるの……？　どうして急にそんなことを言うの？」

「ずっと思ってたけど……言えなかった。私は咲季ちゃんとは違うんだよ」

「今までそんなこと言わなかったじゃない。悪い友達がいるのね？　その子が咲花をそそのかしたから、大学に行かないなんて言ってるのね」

そうだとでもいうように、決めつけてくるお母さん。

「やっぱり、ムリしてでも中学受験をさせるんだったわ。普通レベルの高校なんかに行くから、付き合う友達も選べないのよ」

「ち、がう。そそのかされたとかじゃないよ。私の、意志で」

「咲花は意志なんかもたなくていいの。今までだってお母さんの言うとおりにしてきたじゃない。そんな考えは捨てて、咲季みたいになればいいの。悪い友達との付き合いはやめなさい。恋愛なんて、もってのほかよ」

どうしてわかってくれないの？

聞いてくれないの？

私はただ……私を認めてほしいだけなのに。

「聞いてるの？　ぼんやりしちゃって、授業中もそんなんだから身につかないのよ？」

「わ、私は……っ」

「また言い訳するの？　咲季は反抗なんてしなかったわ。今でもずっといい子よ。どうして咲花はそうできないの？」

「……っ」

私は悪い子。

そう責めたてられているようで、言葉が出てこない。

なにもかも全部、お母さんの言うとおりにしなきゃいけないの？

どうがんばっても、咲季ちゃんみたいにはなれないのに。

悔しくて、悲しくて、唇を噛みしめる。

「こうしてる間にも、ほかの人はどんどん勉強して実力をつけてるのよ？　時間がもったいないとは思わないの？　もう少し自覚をもって行動しなさい。今後は、学校以外は外出禁止だからね」

そう言いきったお母さんは、最後に「早く勉強しなさい」と、私をリビングから追いだした。

バタンと扉が閉まった瞬間、涙がポロッとこぼれた。
「……っく」
ふいてもふいても、次々とあふれてくる。
心の奥底に深くついた傷が、激しい痛みを伴って全身に広がっていく。
認めてもらうどころか、また失望させちゃった。
もう……ダメじゃん。
こんな私、誰も好きになんかなってくれない。
誰からも嫌われて、見はなされて、ひとりぼっちだ。
情けなさすぎて嫌になってくる。
「う……っ」
どうすればいい……？
どうすればいいの？
もう、わからないよ。
「これでいいの？」
涙をぬぐう私のうしろで、咲季ちゃんの声がした。
驚いて振り返ると、ちょうど帰宅したところだったようだ。
とても真剣な表情。

咲季ちゃんのこんな顔を見るのは初めてかもしれない。

「言いたいこと、もっとあるでしょ？　全部ぶつけなよ。そうしなきゃ、咲花の心がつぶれちゃうよ？」

「……っ」

泣き顔を見られて恥ずかしいという感情以上に、咲季ちゃんの強い意志がうかがえる。

「そうやって泣いてるだけじゃ、なにも変わらないよ。いつかは、ぶつからなきゃダメなんだから」

「わかっ、てる……ひっく」

言わなきゃわかってもらえないってことは。

でも、また冷たくつき放されたら？

また失望されちゃったら？

私はどうすればいいの？

「大丈夫、私はいつでも咲花の味方だよ。だから怖がらないで」

優しい咲季ちゃんの言葉がスーッと胸に染《し》みこんでいく。

「って、私も言いたいこと言えてないんだけどね。咲花には言えるのに、お母さんには言えない。ダメだよね。私もそろそろ、そんな自分から抜けださなきゃ」

咲季ちゃんはそう力なく笑った。

もしかしたら咲季ちゃんも、お母さんに言いたいことを言えなくて悩んでいたのかもしれない。

でも、だけど……言えないよ。

どう言えばいいのか、なにを言えばいいのか、わからないんだもん。


最近は考えこむことが多くなり、おかげで睡眠《すいみん》時間が減って毎日寝不足。

お母さんとの関係も以前と変わらず、息苦しい毎日を送っている。

こんなんじゃダメだってことはわかってる。

でも、わからない。

自分がどうしたいのか。

考えすぎて、今日はなんだか頭がボーッとする。

全身が熱いような、ヘンな感覚もあるし。

これから文化祭の準備なのに、こんなんじゃダメだ。

しっかりしなきゃ、しっかり。

文化祭実行委員が教壇に立ち、役割をみんなに振っていく。

油断すると意識が飛んでいきそうになるなかで、必死に頭を回転させた。

「じゃあ、買いだしを怜と雪村でよろしく！　手のあいた奴から、教室の飾りつけを手伝うってことで！」

どうやら私は買いだし係に任命されたらしい。

それも、怜くんとだなんて。

——ドキン
やだ、なんでドキドキするの。

チラリと隣を見れば、無表情に前を見すえているクールな横顔が目に入った。

あれから一週間、話すことはなく、今ではもう目すら合わない。

ううん、怖くて合わせられなくて、あからさまに避けてしまっている。

こんな私なんかと友達になりたいって言ってくれた怜くん。

私のことを初めて認めてくれた人なのに、私は……。

どうして自分から手放すマネなんてしたんだろう。

友達でいることさえできないなんて、苦しすぎるよ。

忘れられる、まだ引き返せるってそう思っていたけど、話せなくなってからというもの、その存在がよけいに気になって仕方ない。

どうしてあんなことを言ったんだろう。

興味がないなんてウソだよ。

怜くんの横顔を見ているだけで、前みたいに話せるようになりたいって強く願うの。

わがままで自分勝手だよね。

お母さんのことも、怜くんのことも、瞳ちゃんのことも……。

考えることが多すぎて、頭が追いつかない。

でもね、わかってる。

瞳ちゃんに対しては、完全な八つ当たり。

怜くんに好かれている瞳ちゃんがうらやましくて、妬《ねた》ましかった。

そんな自分を認めたくなくて、冷たい態度を取ってしまった。

今ではすごく後悔してる。

許してくれないかもしれないと考えたら、謝ることさえできなくてずっとモヤモヤしている。

はぁ……。

「じゃあ、みんなそれぞれ準備よろしくなー！」

割りあてられた仕事をするべく、次々と立ちあがってそれぞれの持ち場につくクラスメイトたち。

教室内は一気に騒がしくなって、笑い声があちこちから聞こえる。

どう、しよう。

隣で静かに座っている怜くんに話しかける勇気なんてない。

「買いだし、どうする？」

すると、突然聞こえた低い声。

おそるおそる振り向くと、無表情にこっちを見下ろす怜くんがいた。

「一緒に行くのが嫌なら、ひとりで行くけど？」

私に言ってる、よね……？

同じ買いだし係だし、こっちを見てるし。

まさか、話しかけてくれるなんて思いもしなかった。

「おい、聞いてんのかよ？」

「えっ!?　あ……」

「どうするかって聞いてんだけど」

えっと……ど、どうしよう。

「れ、怜くんは嫌じゃないの？　私と行くの」

そう問うと、怜くんはじっと私の目を見てきた。

ドキドキと高鳴る鼓動。

見つめられるだけで全身が熱くて、ソワソワして落ち着かなくなる。

こんなにも反応してしまうのは、やっぱり怜くんのことが好きだから。

どうやったってあきらめられない。

ムリ、だよ。

「俺は……べつに、嫌じゃねーけど」

同じように怜くんの目を見つめていると、プイと視線をそらしながらぶっきらぼうにそう答えた。

心なしか、その横顔はほんのり赤い。

嫌じゃ、ないの？

どうして？

あの日、もう嫌われたかと思っていたのに。

「嫌なのは雪村のほうだろ？　俺のこと、なんとも思ってねーってそう言ってたし」

「そ、それは……っ」

「興味ないんだよな？　俺のこと」

「ちが……」

「わかってるから。雪村が俺の顔見てビクビクしてんのも、俺のことが苦手なんだってことも」

「……っ」

「全部……ちゃんとわかってる」

そう言いきられたら、返す言葉が見つからない。
どこか傷ついたような怜くんの横顔。
どうしてそんな顔をするの？
目が離せなくて、じっと見つめてしまっていた。
私の視線に気づいたのか、チラチラとこっちを見る怜くんと目が合う。
そのたびに弾む鼓動を感じながら、拳をギュッと握りしめた。
「さ、最初は苦手だったけど……今は苦手じゃないよ。ビクビクしてるわけでもない」
勇気を振りしぼって発した言葉。
緊張のせいか、全身が熱くて頭がボーッとする。
「ただ、どう接すればいいかわからないだけで……」
あ、あれ？
なんだか全身から力が抜けていく。
しまいにはクラクラとめまいまでして、目の前が暗くなってきた。
あ、れ……。
おかしいなぁ。
怜くんの顔が……見えなくなってきた。

「おい、大丈夫か？」

「だいじょ……ぶっ」

大丈夫。

そう言いたいのに、うまく言葉にならない。

意識が遠のいていく感覚がして、身体を起こしておくことができず机にもたれかかる。


どうしちゃったんだろう……。

なんで……こんなことに。

全身がものすごく熱い。

そういえば、今日はずっと身体がだるくてヘンな感じだった。

風邪、かなぁ？

でも、ほかに症状はないし。

「しっかりしろって」

「だ、い、じょぶ」

なんとか意識を保つことに集中する。

かろうじて目を開けると、目の前にぼんやりとした人影が見えた。

あまりよく見えないけど、心配してくれているのかな。

ひどい態度を取ったこんな私のことを、気にかけてくれるの？

「大丈夫じゃねーだろうが。いつまでも強がりやがって」

やれやれといった様子で耳もとで囁かれた。

大丈夫だと伝えたいのに声が出ない。

「ったく、仕方ねーな。よっと」

そんなかけ声とともに、身体がふわりと宙に浮く。

わ！

な、なに？

誰かに上半身と膝の裏を持ちあげられ、お姫様抱っこされていることがわかる。

誰かなんて……怜くんしかいないんだけど。

で、でも。

恥ずかしすぎる。

「保健室に運んでやるから、おとなしくしてろ」

拒否したいのに声が出なくて、手足を動かそうにも力が入らない。

それでも身体をよじってなんとか動こうとした。

「すぐだから、静かにしてろって」

上から落ちてきた声は、いつものように優しい怜くんの声だった。

ドキンドキンと激しく鳴る心臓の音。

「ごめん、ね……」

ごめん、なさい。

「いいから、黙ってろ」

「……っ」

怜くんの優しさが胸にしみて、涙があふれそうになった。

どうしてそんなに優しいの？

これじゃあ、ますますムリだよ。

あきらめることなんてできない。

好き。

大好きだよ、怜くん。

薄れていく意識のなかできみのことを心に思いうかべたら、苦しくて、切なくて、悲しくて、胸が激しく締めつけられた。


きみの心が私に向けばいいのに。

そんなことを思った瞬間、意識がスーッと途絶《とだ》えた。

ずっと前から～怜side～
「はぁはぁ……っ」

腕の中で荒い呼吸を繰り返す咲花。

小さな身体がずっしり重いのは、意識を失ったせいだろう。

顔をしかめて苦しそうにする姿を見ていたら、両腕に力が入った。

待ってろよ、今すぐ保健室に運んでやるからな。

「咲花ちゃん、大丈夫？」

教室を出ようとしたら、何人かの女子に声をかけられた。

その中には瞳もいて、心配そうに俺を見つめている。

騒ぎに気づいた翠もやってきて、腕の中の咲花を見下ろした。

「どうしたんだよ？」

「とりあえず、保健室に運ぶから」

「ああ。買いだしは俺と渡辺で行くから、気にするなよな」

「サンキュー」

翠に礼を言って教室をあとにする。

そのほかの女子はスルーしてしまった。

というよりも、正直関わるのが面倒くさい。

一刻も早く咲花を運んでやりたいんだよ、俺は。

「怜くん……！　咲花ちゃん大丈夫かな」

廊下を歩く俺のうしろを、瞳が涙目になりながら追いかけてくる。

よっぽど咲花のことが心配らしい。

「ただの風邪だろ。心配すんなって。それよりも、買いだし頼んだぞ」

「うん、それは全然いいんだけど。咲花ちゃん、まだ怒ってるかな。私のこと」

「さぁな。目ぇ覚ましたら本人に聞けばいいだろ」

「それは、そうだけど……」

女子と関わるのが面倒だと言いながらも、瞳とはずっと前からの仲なので気兼ねしない。

性格がサバサバしてあっさりしてるから、そのへんの女子とはちょっと違って話しやすい。

まぁ、そもそも、〝いとこ〟だからっていう理由もあるんだけどな。

「よけいな気を回しすぎたせいで、怜くんにも迷惑かけちゃったね。私がおせっかいすぎたから、咲花ちゃんもきっと呆れてるよ……」

いつまでも俺のそばを離れようとしない瞳。

「悪いと思ったなら、謝ればいいだろ」

「でも、許してくれないかもしれないし……っ」

ズズッと鼻をすする音がうしろから聞こえる。

泣いてんのかよ、面倒だな。

ため息が出そうになりながら、ゆっくり振り返る。

「お前らが本当の親友なら、絶対に仲直りできるよ。だから、さっさと教室に戻れ」

一刻も早くにな。

もうすでに廊下を歩く生徒たちからかなりの注目を浴びてるし、俺が泣かせたと思われるだろうが。

「う、うん……っ。ご、ごべんね。あり、がと」

ここのところ咲花も元気がなかったし、瞳のことを気にしているのはわかってた。

あの日、興味がないってはっきり言われた俺も相当ショックだったけど。

咲花は俺が瞳のことを好きだと思ってやがるし、しまいには応援されるし。

泣きたいのはこっちだっつーの。

瞳が教室に戻ったのを見届け、咲花を保健室へ連れていった。

保健の先生は不在で、室内はガランとしている。
腕の中の咲花は、相変わらず苦しそうに浅い呼吸を繰り返していた。
とりあえずベッドに下ろし、おでこに手を当てる。
「あっつ」
確実に熱があるだろ。
「はぁ……れ、いくん……っ」
無意識なのか、名前を呼ばれたような気がした。
荒い呼吸と熱っぽい表情に、一瞬理性が飛んでいきそうになる。
ほんのりピンク色に染まる頬と、透きとおるような白い肌。
ツヤツヤした綺麗な唇が歪《ゆが》んだ。
くそ、なんでこんなにかわいいんだよ。
ドキドキと心臓の音がうるさい。
こんなに胸が弾むのも、こんなに誰かを好きだと思うのも咲花だけ。
だけど素直じゃない俺は、強がってクールな態度ばかり取ってしまう。
生徒手帳の写真を見られた時だって、本当はすっげー恥ずかしかった。
咲花のことが好きなのに、否定して冷たくした。
本当は好きなのにな。

なんでも話せなんて言っておいて、俺は……。

咲花には肝心なことをなにひとつ話せずにいる。

せっかく仲良くなれたのに、フラれて今の関係が壊れるのが怖かった。

まぁでも、失恋確定なんだけどな。

興味がないって言われて、瞳との仲を応援されて……。

かなり傷ついた。

マジで情けねーよな……俺。

ずっと前から、好きなのに。

中学の時は見ていることしかできなくて、高校生になったら今度こそはがんばろうと思っていた。

最初は少しでも仲良くなれたらいいって思っていただけなのに、仲良くなったら次はもっと近づきたい、こいつのそばにいたいって独占欲がむきだしになった。

咲花の目に俺が映ったのがうれしくて、もっと俺のことを考えてほしくてがんばった。

朝偶然を装って一緒に登校したり、夏休みはバイト先のカフェや花火に誘ったり。

バイト先のカフェは、瞳と同じ母方のばーちゃんが経営していることもあって、瞳もよく顔をだしては俺の邪魔ばっかかしていたけど。

カフェに咲花が来た時は、すっげーうれしかったな。

あやうく好きって言いかけて自滅するところだったけど、なんとかごまかした。

咲花と出会ったきっかけは、今も忘れない、小学五年生の時だ。

ある日、家の近所の公園で、父親と一緒の咲花を見かけた。

俺は男兄弟の中で育ったせいか、ちょっとしたことを大げさに騒ぎたてるうるさい女子がどうも苦手で。

でも、咲花は違った。

どこか控えめで、おとなしくて、公園の展望台から景色を眺める横顔から目が離せなかった。

キラキラしたその瞳に俺も映りたいって、初めて咲花を見た時にそんなことを思った。

土日のたびに公園に足を運んでは咲花の姿を探して、いないと落ち込んだりしてたっけな。

咲花を探してる自分が信じられなくて、ふとした時に頭に浮かんでくる横顔にドキドキしていた。

会えた時はうれしくて、その日は一日中テンションが高かったり。

今思うと、一目惚《ひとめぼ》れだったんだと思う。

中学に入って同じクラスで咲花を見かけた時は、飛びあがるほどうれしかった。

でも、女子に免疫《めんえき》がなかった俺に話しかけられるわけもなく、ただ目で追うことしかできなかった。

学年一かわいいと言われている女子に告白されても興味すらわかなかったのに、咲花だけは違う。

こいつだけはなぜか、俺をドキドキさせたり、ソワソワさせたり、視線を釘づけにさせたり、今まで初めて味わう気持ちにさせられてばかりで。

認めたくなかったけど、かなりあとになってから好きなのだと気づいた。

翠や瞳には俺の気持ちがバレバレだったみたいで、からかわれるのは癪《しゃく》だったけど、咲花と仲良くなれるならと思って我慢した。

どんだけ好きなんだよ、俺。

ヤバいだろ、重症だろ。

春のオリエンテーションの咲花の写真を持ち歩くとか、気持ち悪すぎて我ながら笑ったほどだ。

でも、どれだけ態度で伝えても、こいつには全然伝わらない。

それなら男らしくちゃんと告白して、はっきりさせようと思っていた矢先《やさき》——。

瞳との仲を応援された。

いやいや、ありえねーだろ。

普通ならわかるだろ。

お前のことが好きなんだって。

どんだけ鈍いんだよ。

天然にも、ほどがあるだろ。

今までなんのためにがんばってきたと思ってんだよ。

ベッドのそばにあったイスに座り、ピンク色の頬をそっとなでる。

「んっ……」

目を閉じたまま顔をしかめる咲花。

「好きだ」

お前のこと。

「ずっと好きだった」

意識がない咲花にならいえるのにな。

「ずっと前から、お前だけ」

咲花しか見えなかった。

それなのにお前は、知らない間に長谷部といい感じになってやがるし、あからさまに嫉妬しても全然伝わらねー。

どうやったら……伝わるんだよ。
フラれたらと思うと、告る勇気なんてねーよ。
いや、もうすでにフラれてるんだけどな。
俺のことなんて、なんとも思ってねーもんな。
わかってた、最初から。
だからちょっとでも苦手意識をなくしてほしいって、思っただけなのに。
はぁ。
情けねー。
「あら、誰かいるの?」
保健の先生が戻ってきて、俺たちの気配に気づいて近寄ってきた。
咲花からパッと手を離して、イスから立ちあがる。
すると、カーテンがゆっくり開けられた。
「あら、きみは」
いぶかしげに俺を見る四十代なかばの先生。
明らかに怪しんでいる表情だ。
「一年の羽山です。コイツ……熱があるみたいで」
咲花に視線を向けるとまだ苦しそうにしていて、早くどうにかしてやりたい。

先生は冷静に「ああ、雪村さんね」と、妙に納得したようにうなずいた。

「なんだよ、なんかあんのか？」

意味深なうなずきに疑問がわく。

いったい、なんなんだよ。

「知恵熱だと思うわよ。入学したての時、よくここへ来てたから」

知恵熱……？

ってことは、風邪じゃないってことか？

それを聞いて少しホッとした。

「授業中でしょ？　あとは私にまかせて、あなたは教室に戻りなさい」

「けど……」

「いいからいいから。雪村さんは親御《おやご》さんに電話して迎えにきてもらうから大丈夫よ。彼女のカバンだけ、放課後に持ってきてもらえるかしら？」

「べつに、いいけど」

「じゃあ頼んだわよ」

そう言いきられ、渋々ながらも保健室をあとにした。

マジで大丈夫かよ、アイツ。

「れーいーくーん！」

大声で名前を呼ばれて、顔を上げると遠くに大きく手を振る瞳の姿。

どうやら買いだしにいこうとしていたようだ。

「買いだしにいく前に、保健室に寄ろうと思って。咲花ちゃん、大丈夫だった？」

「ああ、知恵熱らしい」

「知恵熱？　悩みでもあるのかな……前もよくだしてたし」

悩み……ね。

「怜くんと仲良くなりはじめてからは、よく笑うようになったし、安心してたんだけど……私がおせっかいだったばっかりに」

俺と仲良くなりはじめてから、よく笑うようになった……？

そんなわけ、ねーだろ。

だって俺、咲花に嫌われてるし。

興味をもたれてすらいねーし。

「咲花ちゃん、怜くんのこと気にしてたっぽいのに……」

「はぁ？　ウソ、だろ？」

「わかんないけど、私にはそう見えたよ……？　でも、よけいな気を回しちゃったから」

「はっはーん、なるほどね。そういうことか」

瞳の隣で翠が得意げにうなずいている。

ひとりだけなにかがわかったような、澄ました顔しやがって。

「まぁ、あれだな。怜のがんばり次第で、なるようになるんじゃねーの？」

はぁ？

なるようになるってなんだよ。

翠に上から目線で言われると、なんとなくイラッとする。

「まぁ、がんばれよな！」

「なにをだよ」

「とぼけやがって。雪村も大丈夫みたいだし、俺らはさっさと買いだしにいくか！」

翠が瞳に笑いかけた。

「そ、そうだね！　行こ行こ」

隣で赤くなる瞳。

翠のことが好きなんだってバレバレだけど、当の本人はまったく気づいていない。

というよりも、翠には好きな女がいるから瞳のことなんて目に入っていないらしい。

人の恋路をあれこれ言うつもりもないし、首をつっこむつもりもない。

だから翠のことで瞳に相談された時は、正直うんざりした。

泣くぐらいならあきらめろって冷たく言いはなったけど、そんな簡単にあきらめられるわけねーよなって、あとになって気づいた。

俺もそうだしな。

咲花のこと、どうやってもあきらめらんねー。

かといって、告白する勇気もねーし。

マジで情けねー……。

はぁ。

気落ちしながら教室に戻ると、文化祭の準備は着々と進んでいた。

明日がいよいよ本番。

俺らのクラスはメイド&執事喫茶をすることになっていて、俺は運悪く執事役に当たったからテンションはさらに下がり気味。

だりいな、マジで。

つーか、やる気もねーし。

「あ、あの……っ！」

席に着くと、隣で裁縫《さいほう》をしていたひとりの女子が急に振り返った。

頬をまっ赤に染めて、チラチラと挙動不審気味にこっちを見つめる女。

「ほら、早く言っちゃいなよー」

なんて、周りの女が茶化《ちゃか》す声が聞こえる。

なんだよ、面倒だな。

無表情に女を見下ろすと、一瞬ひるんだような顔をしながらも唇をギュッと結んだ。

そして意を決したように口を開く。

「ぶ、文化祭のフリーの時間なんだけど、よかったら一緒に回らない？」

「は？」

「あ、えっと……だから、怜くんと一緒に回りたいなぁって。嫌、かな？」

俺の顔色を気にしながらも、恥ずかしいのかまっ赤になっている。

あからさますぎる好意を感じると引いてしまうというか、こういうのは苦手だ。

これが咲花ならよかったのに。

そしたら喜んで一緒に回るのにな。

なんて、こんな時までアイツのことが頭に浮かぶなんて、どんだけ好きなんだよ。

「俺、アンタの名前すら知らないし。そんな奴と一緒に回るなんてムリだから」

翠からはいつももっと優しく言えって文句を言われるけど、ほんとのことなんだから仕方ない。

優しくしろって言われても、思ってもないことなんて言えるかよ。

「そ、そっか！　ごめんね？　私、名越唯《なこしゆい》だよ！　もし、もしも……気が変わったら教えてね」

名越は恥ずかしそうに言うと、パッと顔をそむけてやりかけの作業に戻った。

地味すぎず、派手すぎず、いたって普通な印象の名越。

背格好や髪型は咲花そっくりだけど、咲花とは違ってなんとなく強引だ。

やっぱ……面倒くせー。

ずっと前からお前だけで、ほかの女なんか興味ねーよ。

放課後になり、咲花のカバンを持って教室を出た。

保健室の前に着くと、パタパタとせわしないスリッパの足音がうしろから響いてきて、振り向いた。

そこには、いかにもキャリアウーマンという印象のスーツをパリッと着こなした四十代なかばほどの女性がいて、うんざりしたような表情でこちらへ歩いてくる。

顔立ちはどことなく咲花に似ていて、もしかしたら、とピンと来た。

「あら、それ」

その女性は俺が手にしている花のマスコットがついたカバンを見て、声を上げた。

「うちの娘の、雪村咲花の物かしら?」

やっぱり。

この人、咲花の母親かよ。

控えめでおとなしい咲花とは違って、どこかキビキビしていてとっつきにくそうな印象。

気が強そうというか、俺のことを見定めているかのような視線が怖い。

「そうです。雪村のです」

「さっき教室へ行ったのよ。どうやらすれ違いだったみたいね。わざわざどうも」

「あ、はい」

カバンを手渡すと、母親はそそくさと保健室へ。

ドアが開いた瞬間、咲花の姿が見えた。

「さ、帰るわよ。さっさとしなさい」

さっきまで苦しんではぁはぁ言ってた咲花に、母親の険しい声が飛ぶ。

そういえば、前に母親が厳しいって言ってたよな。

勉強ばっかで、優秀な姉貴しか見えてないって。

今でも咲花は苦しんでるのか？

この母親なら、咲花の苦労とかプレッシャーもわかる気がする。

「ほら、早くしなさい。本当にあなたはどうしようもないわね。親に迷惑ばかりかけるなんて。少しでもいい点を取って返してくれたらいいのに、それもないし。はぁ」

これみよがしの大きなため息が、ドア越しに響いた。

「まぁまぁ、お母さん落ち着いて」

タジタジになった保健の先生の声まで聞こえて、その場から動けない。

咲花の声が聞こえないということは、ショックを受けて言い返せないってことか？

それとも、傷ついてるのかよ？

泣いてる、とか？

こんな盗み聞きのようなマネ、いつもなら絶対にしないのに。

咲花のことになると、みっともないマネまでしてしまう。

気になって仕方ない。

「この子は本当にダメな子なんですよ、先生。いくら言っても、私の言うとおりにしないんだもの。努力してるのは見せかけだけで、心では私をバカにしてるんだわ」

少なくとも、俺が知ってる咲花はそんな奴じゃない。

人をバカにするよりも、人のために面倒なことを引きうけて笑ってるような奴だ。

「昔からこの子は、お姉ちゃんと違って鈍くさくて不器用で。いいところなんてひとつもありませんの。少しでも姉を見習ってもらいたいんですけどね」

咲花は咲花だろ？

ほかの誰にもなれねーのに、この母親はそれを求めている。

自分の意のままにならないと気がすまなくて、子どもを所有物だと思っている。

なんか、ムカつくな。

「これじゃあ、本当に将来どうなるのか。いくら言っても聞かないから、正直なところ、この子のことはあきらめているんです。期待するだけムダですからね」

どんどんイライラがつのっていく。

ダメだ、抑《おさ》えろ俺。

ここで切れたりしたら、マジで終わりだ。

「そんな、お母さん。まだまだこれからですよ」

「いいえ、もういいんです。この子につくすのがバカバカしくなってきたところですから」

プツンと俺の中でなにかが切れた。

それからのことはよく覚えていない。

Dear＊5

前へ進め

苦しい、苦しい、苦しい。
胸がキューッと軋《きし》んで、痛みがじわじわ広がっていく。
目の前のお母さんに反論することも、息をすることさえままならない。
熱でぼんやりする頭で、お母さんの言葉を理解するのには時間がかかった。
どうしてそこまで言うの？
どうして認めてくれないの？
お母さんの期待に応えられない私は……もう、いらないの？
そんなことを考えていると、突然バンッという大きな音が響いた。
ドアが開いて、そこに立っているのは、れ、怜、くん……？
どうして？
なぜか怒ったような表情で、じっとお母さんを見つめている。
「あなたは、さっきの」
お母さんがポツリとそうつぶやいた。

「咲花は一生懸命でがんばり屋です。人のために面倒なことを引きうけて、それでも笑ってるようないい奴です」

「なにを言ってるの。うちの娘と、どういう関係？」

「中一の時からの、ただのクラスメイトです。ずっと見てきたから咲花のいいところもいっぱい知ってるし、こいつは人をバカにするようなスレた奴じゃない」

まっすぐにお母さんの目を見つめながら話す怜くんの言葉には、ウソがないように思える。

どうしてここまで言ってくれるの？

どうして……いつもいつも、私の味方なの。

「咲花……あなた、まさかこの子と付き合ってるなんて言わないわよね？」

お母さんのひときわ険しい声が飛んだ。

「ち、がう……」

そんなんじゃ、ない。

怜くんは、怜くんは。

「いつだって私の味方で、お母さんなんかよりもずっとずっと……私のことを見てくれてる。わかってくれてる」

どうしてここまでしてくれるのかはわからないけれど、怜くんは、私にとって大切な──。

「友達、だよ」

怜くんにはクラスメイトって思われていても、私にとっては大切なかけがえのない人。

いつも味方でいてくれる、クールでぶっきらぼうだけど優しいきみのことが……。

そう、きみのことが大好き。

「やっぱり、そんなことだろうと思ったわ。勉強に身が入らなかったのは、そういうことだったのね。いい？　今後一切、この人と関わるのはやめなさい」

「……っ」

お母さんは私のすべてを否定しないと気がすまないのかな。

お母さんの思うように生きないと、受けいれてもらえない。

私の人生はお母さんのものじゃなくて、私のものなのに。

この先ずっとお母さんの言いなりになって生きていくの？

ほんとにこれでいいの？

そんなの……嫌だよ。

「聞いてるの？　返事をしなさい、返事を。いつもいつも、ぼんやりしてるんだから」

「お母さんは……私のことが嫌いなの？」

ずっとずっと、確かめたかった。

呆れさせてばっかりで、お母さんの期待に添うことができない私。

嫌われていたらと思うと怖くて聞けなかったけど、この先ずっとこんな日々が続くのは嫌だから。

変わりたい、変えたいって、そう思った。

熱のせいで多少はフラフラするけど、さっきよりはずいぶんマシ。

「私は今までお母さんの言うように生きてきて、楽しいと思ったことなんてひとつもない。勉強より絵を描くほうが得意だし、いい大学に行く必要性も感じてないの。お母さんの言うことはまちがってないとは思うけど、私にはツラいよ。しんどいよ。嫌だよ」

話しはじめたら止まらなくて、次から次へと言葉があふれてくる。

「咲季ちゃんと私は違うの。違うんだよ。同じようになんて……できないよ。お母さんといると、苦しいんだ。いつか、見はなされそうで……怖かった。お母さんに捨てられたら、私はどうなるんだろうって……」

私は、私は……。

「私は、ただ……ありのままの姿を受けいれてもらいたいだけなの。認めて……ほしいんだよ。こんな私は……お母さんにとって、いらない子……かな？」

ドクンドクンと心臓の音がうるさい。

もし、もしもいらないって言われたら、どうしよう。

どうすれば……いい？

この先どうやって生きていけばいいの？

現実を知るのが怖くて、今までお母さんにぶつかることができなかった。

こんなふうに反論して、悪い子だって思われたかもしれない。

咲季ちゃんはこんなことしなかったのにって、また比べられたのかもしれない。

でも、私はまちがったことは言ってない。

これが私の正直な気持ちだから、後悔もない。

ただ、怖いだけ。

お願いだから、早くなにか言ってよ。

「なにを……言ってるの。今まで、そんなこと言わなかったじゃない」

「今だから言うんだよ。お母さんの言うとおりに生きるのは……めちゃくちゃ、息苦しいの」

それをわかってほしい、認めてほしい。

なんて、わがままかな。

いつもなら愛想笑いを浮かべてヘラヘラしている私も、この時ばかりはそんなことはできなかった。

真剣な瞳でお母さんの目を見つめる。

お母さんもまた、真剣に私の目を見つめ返している。

なんとも言えない空気が漂っているけど、ここでそらしちゃいけない。

強くならなきゃ。

前に、進まなきゃ。

「お母さんに見はなされるのは嫌だけど……私がいらないなら、高校卒業したら家を出ていくから」

本気だった。

本気で伝えたかった。

わかってほしかったから。

私の想いを、気持ちを。

「家を出てくって……そんなの」

まさか私がそこまで言うとは思っていなかったのか、強気なお母さんがとまどっている様子。

「お父さんと離婚する前のお母さんは……いつも笑ってて。その時のお母さんが好きだった。大好きだった……今だって」
ほんとは好きなんだよ。
だからこそ、認めてほしいって思うの。
楽しかったあの頃みたいに、また一緒に笑いあえる日が来るのを夢見てる。
ダメ、かな？
その願いは、もうかなわないの？
前みたいなお母さんに戻ってよ。
また……笑いあいたいよ。
不意に涙があふれて、思わずうつむく。
どうしても涙を我慢できなくて、ギュッと目を閉じた。
「そんなことを思ってたなんて……知らなかったわ」
シーンとした空間で、淡々としたお母さんの声が聞こえた。
顔を上げることができずに床を見つめる。
ドクドクと鼓動が速いのは、ほんとはすごく怖くて不安だから。
お母さんに見はなされたら……どうしよう。
「いろいろ言われて……お母さんも、パニックで。とりあえず、帰りましょ」
「え……あ」

「早くしなさい。具合い悪いんでしょ？　帰って横にならなきゃ」

「う、うん」

「お騒がせしてしまって、ごめんなさいね。とんだご無礼をお許しください」

先生に向かって深々と頭を下げるお母さんの背中を見つめながら、少し拍子抜け。

なにか反論されるって、そう思ってばかりいたから。

平謝りするお母さんに、先生が「やめてください」なんていうやり取りをしている。

「がんばったな」

そんななかで、怜くんが私に微笑んだ。


次の日――。

昨日は帰ってすぐ横になると、朝まで目を覚ますことなく爆睡してしまった。

制服を身につけてリビングに行くと、すでに起きていたお母さんが私を見て目を見開く。

「もう大丈夫なの？　熱は？」

今日は仕事が休みなのか、パジャマ姿のお母さん。

キッチンでせわしなく動きながら、心配そうに眉を下げた。

「いっぱい寝たから、下がったみたい」

「そう。朝ごはん作ったから、食べなさい」

「……うん」

なんとなくよそよそしい空気が流れているのを、お互いに感じとっている。

熱が下がって冷静になった今、昨日あんなことを言った自分が信じられない。

どう思ってるんだろう。

わからないけど、聞く勇気もない。

やっぱり、答えを聞くのは怖いよ。

お母さんが作ってくれたたまご粥《がゆ》をスプーンですくうと、湯気がブワッと立ちのぼった。

昨日は夕飯も食べずに寝ちゃったから、かなり空腹。

おいしそうだな。

そういえば、昔から風邪を引いた時はたまご粥だったよね。

味つけは薄いけど、弱った身体にはちょうどよくて、おいしいの。

お母さんのたまご粥、大好き。

口に入れると、懐かしい味が広がった。

「昨日ね……咲花に言われてから、いっぱい考えたの」

マグカップを片手に、お母さんが私の向かい側に座る。

たまご粥がゴクンと一気に喉を通った。

「お母さんね、お父さんと離婚してから、女手ひとつであなたたちを育てることになって必死だったの」

視線をマグカップに落としながら、お母さんがポツポツ話しはじめる。

こうやって向きあって話すのは、初めてかもしれない。

「本当は、お父さんもふたりを引きとりたいって言ってたのよ。自分の娘だもの、当然よね。でも、お母さんが許さなかった。あなたたちと離れるなんて……考えられなかったもの」

そう、だったんだ。

知らなかった。

お父さんとお母さんが離婚するって知った時はすごくショックで、しばらくごはんを食べられなかったっけ。

お父さんとは今でも連絡を取ったりはしているけど、会ってはいない。

それはやっぱり、お母さんに対するうしろめたさがあったからなのかも。

「だからこそ、ふたりを立派に育てることに必死だった。いい大学に行かせて、いいところに就職させて、いいお相手と結婚する。そのレールを敷いてやるのが親の役目だと思っていたわ」

お母さんのマグカップを握る手に、ギュッと力が入る。

お父さんと離婚して、大変なこともいっぱいあったんだろう。

「でも、違ったみたいね。お母さんがまちがってたわ。咲花を苦しめていたなんて、知らなかった。きついこともたくさん言ったけど、全部咲花のためだと思ってたの」

「……うん、わかってるよ」

お母さんは私のためを思って言ってくれてるんだってこと。

「咲花に言われてから、気づいたの。そういえば、無邪気に笑う咲花の笑顔を見たのはいつだったかなって」

「え……？」

「昔の咲花はもっと楽しそうに笑ってたのに、いつから愛想笑いをするようになったんだろうって。昨日、初めて気づいたの。母親失格よね……娘の笑顔を奪っていたなんて」

お母さん……。

「好きに生きなさい。咲花の人生だもんね。口だしすることもあるかもしれないけど、咲花が幸せだったらお母さんはそれでいいから」

そっと涙をぬぐったお母さんを見て、胸が熱くなった。

そこまで言わせてしまったことへの罪悪感と後悔と、申し訳なさでいっぱい。

「お母さんにとって、咲花はいらない子なんかじゃないわ。大事な大事な娘よ。だから……家を出ていくなんて言わないで」

どんどん涙声になるお母さんは、肩を震わせて泣いていた。

初めて見るお母さんの涙に、私の目にも熱いものが浮かぶ。

「ごめんね……咲花。そんなふうに思わせてしまって……本当に、ごめんなさい」

「わ、わた、しも……お母さんの、期待に応えられなくて、ごめん、なさい……っ」

できることなら、咲季ちゃんのようになってほめられたかった。

認められたかった。

よくがんばったねって、笑いかけてほしかった。

「なに、言ってるの……咲花は咲花よ。咲季とは、違うわ。そのままで……いいの」

「う……うんっ」

私は私。

咲季ちゃんは咲季ちゃん。

初めてお母さんに認めてもらえた。

そのままでいいんだって、言ってもらえた。

ずっとずっと、ほしかった言葉。

勇気をだしたことでお母さんの本音を聞けるなんて、ましてや認めてもらえるなんて思ってもみなかった。

ちゃんと言わなきゃ伝わらないことって、案外《あんがい》たくさんあるのかもしれない。

「おはよう。って、なに？　なんでふたりとも泣いてるの？」

たった今起きてきた咲季ちゃんが、この光景にオロオロしはじめる。

「なんでもないわ。さ、私たちもごはんにしましょう」

涙を隠すように立ちあがり、キッチンへ向かうお母さん。

咲季ちゃんは納得がいかないような顔をしていたけれど、私とお母さんの雰囲気を見てなにかを察したらしい。

「よかったね」

私に向かって、そう言ってくれた。

仲直りと素直な気持ち

涙でぐちゃぐちゃになった顔を、濡れタオルで冷やしてから学校へ向かった。

いよいよ文化祭当日。

私はほとんどといっていいほどなにもしていないけど、お祭りごとはやっぱり楽しみでもある。

心がすごく軽いのは、言いたいことが言えて、お母さんとちゃんと向きあうことができたから。

相手にちゃんと気持ちを伝えるって、大切なんだということに初めて気がついた。

ちゃんと……伝える。

ちゃんと。

私にはまだ、やらなきゃいけないことが残ってるよね。

それは自分でもよーくわかってるんだけど、考えるとどうしても逃げたくなってしまう。

だけど明らかに悪いのは私だし、このままうやむやにするのは嫌だ。

傷つけてしまったこと、きちんと謝りたい。

だったら、やるべきことはひとつだよね。

昨日できたんだもん、今日だって大丈夫だよ。

「よしっ」

気合いを入れて、いざ教室へ。

いつもの時間に登校すると、早めの集合だったようでほとんどの人がすでに集まっていた。

ワイワイ、ガヤガヤ。

教室内は三沢くんを中心にして、お祭りムードが漂っている。

「あ、雪村じゃん。熱下がったのか？」

三沢くんが私に気づいて大きく手を振る。

すると、その場にいた人がいっせいにこっちを見た。

「あ、お騒がせしました。もう、大丈夫……ですっ！」

恥ずかしかったけど、最後にはにっこり微笑んでみせた。

愛想笑いなんかじゃなく心からの笑顔。

「これで全員参加決定だな！　思い出に残る文化祭にしようぜー！」

三沢くんのかけ声に、みんなが歓声を上げる。

その輪の中には怜くんもいて、思わず目が合いドキッとした。

相変わらずクールな表情を浮かべて、気だるそうにしている怜くん。

昨日、あんなところを見られたっていう気まずさもあるけれど。

それでもやっぱり、好きだなぁって思う。

「あ、あの……！　咲花ちゃん」

どこか遠慮がちでためらうような声に振り向けば、そこには涙を浮かべる瞳ちゃんがいた。

「ひ、瞳ちゃん……っ」

昨日から涙腺《るいせん》がゆるみっぱなしで、瞳ちゃんの顔を見ただけで一気に視界がボヤけた。

ずっとずっと、謝りたかった。

「ひ、ひどい、こと……言って、ごめん、ね」

ちゃんと謝りたいのに、嗚咽ばかりがもれて言葉にならない。

「ほんと……ごめん」

「な、なんで……咲花ちゃんが謝るの？　悪いのは……私、だよ」

「ち、がう……瞳ちゃんは、わる、くない」

私が勝手に嫉妬しただけだから。

ごめんね、ごめんなさい。

いくら頭を下げても足りないよね。

「やめ、て。謝らないでよぉ、咲花ちゃん」

「ううん、だって……」

大好きな瞳ちゃんを傷つけてしまったこと、すごく後悔してるんだ。

「なんだよー、お前ら。仲直りは教室の外でゆっくりやれよな。ほらほら、行った行った」

ふたりして大泣きする私たちを見て、苦笑いする三沢くん。

三沢くんに背中を押されて、私と瞳ちゃんは教室を出ることになった。

「仲直りするまで帰ってくんなよ。思う存分話しあってこい」

教室だと話せないと思って、きっと気をきかせてくれたんだ。

三沢くんって、そういう優しいところがあるから。

「えへ……空き教室にでも行こっか」

まっ赤な目で笑う瞳ちゃんに、小さくうなずいてみせる。

正直な想いを、気持ちを、ちゃんと話そう。

瞳ちゃんにこれ以上ウソはつきたくない。

いちばん仲が良くて、大切な親友だから。

幸いなことに、文化祭でも空き教室は使われていなくて、ふたりきりになることができた。

薄暗くてほこりっぽい室内のカーテンを開ける。

すると、まぶしい太陽の光が入ってきて、あたりを明るく照らした。

「私ね……怜くんのことが好きなの」

「うん」

まるでわかっていたみたいに、瞳ちゃんの返事は冷静だった。

「だけど、怜くんには好きな人がいて。その人との仲を応援しちゃったんだよね……落ち込んでるから、振り向かせるなら今がチャンスだよって」

「好きな、人？　応援？」

「あ、えっと。怜くんの好きな人は私の身近な人でね、あることがきっかけで知ったの」

「身近な人？」

瞳ちゃんだよ、とは言えなくて曖昧にごまかす。

でも、私の身近な人って瞳ちゃんしかいないわけだから、気づかれてもムリはないかも。

「咲花ちゃん、なにか勘違いしてない？　もしかして、怜くんの好きな人が私だと思ってる？」

「えっ……⁉　ち、違うよっ！　そんなことないから」

「やめてよー、私と怜くんはそんなんじゃないから」

怜くん、思いっきり否定されてる。

ちょっとかわいそうだな。

今でも瞳ちゃんは、三沢くん一筋ってことか。

「でも、咲花ちゃんが怜くんをねー！　なんだか、すっごくうれしいな」

「そ、そう？　でも、失恋確定だけどね」

「だから違うってばー！　そういえば、咲花ちゃんって告白大会のエントリー用紙持ってるよね？」

「エントリー用紙？」

そういえば、前にもらうだけもらったっけ。

折りたたんでスカートのポケットに入れたんだ。

それがどうかしたの？

「それに応募して告白しなよ！」

名案だとでもいうように、満面の笑みを浮かべる瞳ちゃん。

「こ、告白⁉　ムリムリ、ムリだよー！」

瞳ちゃん、私の話、聞いてた？

失恋確定なんだってば！

怜くんはあなたのことが好きなんだって。

「私もエントリーしてるし、咲花ちゃんもエントリーしたら許してあげる」

さっき、私は悪くないって瞳ちゃんは言ったよね？

それなのにそんな条件をだされるのは、納得がいかないよ。

告白したってフラれるだけなのにさ。

「好きなんでしょ？　告白せずにあきらめられるの？」

「そ、それは……っ」

ムリだって身をもって実感してる。

でも、好きでいるのをやめるなんて、好きになった時からムリだったことに気づいた。

ムリやり気持ちを消すことはできない。

じゃあ、このやり場のない想いをどうするのかと聞かれても答えられない。

「咲花ちゃん、告白しなきゃ、伝わらないよ？　あきらめることだって、できないの」

「そ、それは」

わかってる。

「私は咲花ちゃんの恋を応援してるから、だからこそエントリーしてほしいよ」

「で、でも」

ただでさえフラれるだけでも怖いのに、大勢の人の前で告白するとか、ムリだよ。

みじめじゃん。

情けないじゃん。

恥ずかしいじゃん。

「でも、好きなんでしょ?」

「それ、は……そう、だけど」

「だったら腹をくくりなよ。エントリーの受付は十時までだから、よーく考えて、でも絶対にエントリーしてね」

よーく考えたところで、エントリーする以外の選択肢は残されていないんだ?

できるわけ、ないよ。

だって……怖いし。

でも、話さなきゃわからないこともあるって知ったばかり。

なにより、怜くんのことを想ってずっとモヤモヤしているのは嫌だ。

だとしたら、やっぱり腹をくくるしかないのかな。

でも……。

しばらくひとりで考えてと言いのこし、瞳ちゃんは先に教室に戻った。

廊下をゆっくり歩きながら、生徒会室の前まで来て頭を悩ませる。

ど、どうしよう。

やっぱり、勇気なんて出ない。

「ず、ずっと怜くんのことが好きでした。よかったら、私と付き合ってください！」

え？

そんな声が聞こえてきて、聞き覚えのある名前にドキッとした。

怜、くん？

耳を澄まして声がしたほうに足を向ける。

階段の踊り場で、ズボンのポケットに両手を入れてだるそうに立つうしろ姿を見つけた。

やっぱり、怜くんだ。

「ごめん、好きな奴がいるからムリ」

――ドクン
好きな奴。

「そう、なんだ……知らなかった」

「けど、気持ちはうれしい」

「そう言ってもらえてよかった。ありがとう」

タタタッと走り去る足音が聞こえた。

あれは同じクラスの名越さんだ。

そっか、名越さんも怜くんのことが好きだったのか。

好きな人以外からの告白でも、怜くんはうれしいって思うんだね。

だったら、私もがんばってみようかな。

うれしいって言ってもらえるだけでも、告白する価値はあるかもしれない。

よーし、こうなったらやるしかない。

なぜだかわからないけど、急にやる気がみなぎってきた。

ポケットに入れたエントリー用紙を取りだして、生徒会室の前にあった鉛筆で記入していく。

応募が多かったら抽選だっていうことだし、抽選に外れる可能性もあるよね。

その時は告白するなってことだと思って、受けいれよう。

ドキドキしながらエントリー用紙を書きおえ、どうにでもなれと思いながらボックスに投入した。

土壇場《どたんば》の告白

「咲花ちゃん、ごめん！　メイド役代わってくれないかな？」

おなじみの前野さんが、着替える前になっていつものように両手を合わせて頼みこんできた。

「メ、メイド役？」

私が？

む、ムリだよ。

「彼氏がね、そんな服着て接客するなって、今日になって怒りだして……ほんっと申し訳ないんだけど、裏方に回りたいんだよね」

ええっ⁉

「で、でも……私」

「お願いだよー！　咲花ちゃんはかわいいし、絶対に似合うと思うんだ」

「いや、あの……でも」

「ね、お願い……！　この埋めあわせは必ずするから」

今までそう言ってしてもらったことはないけど、困っている前野さんを放っておけないと思ってしまう私も私だ。

でも、私がメイドって絶対に似合わないと思う。

かわいく笑える自信もない。

だけど、かわいくなりたいとは思う。

だったら、これはチャンスなのかな。

「いい、よ。代わってあげる」

「ほんと!? ありがとう！　助かるよー！」

すごく大胆な決断だとは思うけど、プラスにとらえよう。

ネガティブな考えはやめるんだ。

そう思えるようになっただけでも、成長したかな。

「あ！　いいこと思いついたー！　咲花ちゃんって、いっつも化粧っ気ないでしょ？

お礼にメイクしてあげるー！」

前野さんがかわいく微笑んだ。
メ、メイク？
「ほら、早くメイド服着ちゃって。それからかわいくしてあげるね」

前野さんは急に生き生きとしはじめ、なんだか楽しげだ。

せっかく言ってくれてるわけだし、この際だから私もかわいくなりたい。

昨日変われたように、今度はかわいくなれるかな。

とびっきりの自分になって、怜くんに想いを伝えたい。

ワクワク？

ドキドキ？

ううん、どっちでもない。

でも、心がこんなに高揚《こうよう》するのは初めてだ。

メイド服のスカート丈はとても短くて、タイツをはいているとはいえ足もとがスースーする。

なんだか、慣れないや。

胸もとの大きな大きなリボンと、ふんわりしたフリルのスカート。

まさにこれがメイド服なわけね。

に、似合ってる……かな？

「わぁ、咲花ちゃん、かわいいっ！」

メイド服姿の私に気づいた瞳ちゃんが、目を輝かせた。

瞳ちゃんも瞳ちゃんで、とても似合っている。

「覚悟は決まったの？」

「うん、がんばる。エントリー用紙も入れてきた」

その時点で、覚悟は決まったから。

「お互い、がんばろうね！」

「うん！」

瞳ちゃんがかわいく笑ったから、私も笑顔を返した。

もう卑屈《ひくつ》になるのはやめる。

瞳ちゃんのこと、二度と傷つけたくないよ。

「あ、ふたりともかわいー！　こっちおいでよ、メイクしてあげるから」

「きゃー、あたしにもやらせてー！　ピュア系の女の子って萌《も》えるー！」

前野さんと土方さんのテンションは、マックス状態。

腕を引かれてイスに座らされ、あれよあれよという間にことが進んでいく。

メイクのやり方やなにをどう使っているのかよくわからないけど、前野さんはテキパキと要領よく私の顔にいろんなものを乗せていく。

瞳ちゃんも瞳ちゃんで、土方さんにメイクをしてもらっている。

「なになに？　雪村さんにメイクしてるの？」

「いいなぁ、私もしてほしいー！」

クラスの女子が集まってきて、一気に注目を浴びた。

今日はいつもと違う特別な日だから、みんなかわいくなりたいんだね。

「はい、できあがり！　うん、バッチリだね」

そう言って満足そうに笑った前野さんは、私の前に鏡をさしだした。

「わぁ」

鏡に映る自分は、私だけどどことなく違っているというか。

いつもの私じゃないみたい。

お肌は血色がよく、唇はぷるんとかわいいピンク色。

ほんのりオレンジ色のチークが、とてもキュートでオシャレだ。

まつ毛にはマスカラが塗られているけど、ナチュラルな仕上がりで少しだけ目が大きくなった。

「雪村さん、かわいー！」

「もとが色白だし、かわいいからよく似合ってるー！」

「そ、そんな、かわいいだなんて」

照れくさいよ、恥ずかしいよ。

こんなふうに注目を浴びるのは苦手だけど、かわいいって言われるのは素直にうれしい。

「いつも押しつけてばっかでごめんね？　これでチャラにしてくれる？」

ほんとに申し訳なさそうに謝る前野さん。

本気で悪いと思ってくれていたってことだよね。

「もちろんだよ、かわいくしてくれてありがとう」

見返りを求めていたわけじゃないけど、困っている人を助けるっていいことだよね。

こんなごほうびをもらえたんだもん。

がんばらなきゃ。

「準備ができた人から、教室の飾りつけのお手伝いお願い――！」

文化祭実行委員の女子が大きな声で叫んだ。

いよいよ、これからメイド&執事喫茶がオープンする。

こんな格好で恥ずかしいけど、一生懸命やるしかない。

怜くんにだって、がんばって想いをぶつけよう。

「行こ、咲花ちゃん」

瞳ちゃんに手を握られ、引っぱられる。

「だね！」

ふたりで手をつないで教室に戻った。

「え？　あれって雪村？」

「うわ、マジだ」

「メイド服着てんじゃん」

教室に入ったとたん、男子たちのヒソヒソ声が聞こえた。

わー、似合わないとか言われるんだろうな。

ううっ、嫌だな。

なんとなく縮こまりながら、下を向いて歩く。

「堂々としてなよ、かわいいんだから」

「で、でも」

「咲花ちゃんは、もっと自分に自信をもっていいと思う」

む、ムリだよ。

「ほら、顔を上げて。怜くんも見てるよ」

──ドキン
ここで怜くんの名前をだすのはやめて。

恥ずかしいんだって。

「咲、花……?」

うつむいていると低い声が聞こえた。

誰かなんて考えなくても、すぐにわかる。

大好きな人の声だから。

おそるおそる顔を上げると、怜くんと目が合った。

スラッとした長身に執事姿がよく似合っていて、黒のエプロンと蝶ネクタイがしっくりきている。

周りの女の子たちも、そんな怜くんをチラ見していた。

私をめずらしいものでも見るかのように目を見開いて固まっている怜くん。

わ……似合わないとか、思われていそう。

うー っ……。

でも、ちゃんとするって決めたんだもん。

「き、昨日は、ごめんね？　お母さんが、怜くんに謝ってほしいって」

怜くんは依然として固まっている。

微動だにしないところを見ると、私の声なんてちっとも耳に入っていないみたい。

よっぽど似合わないってことなのかな。

だとしたら、かなりショックだよ。

「あ、あの。怜くん？」

「え？　あ……」

視線を左右に泳がせながら、しまいにはパッと横を向かれてしまった。

隣では瞳ちゃんがクスクス笑いながら、そんな怜くんを見つめている。

「咲花ちゃん、かわいいよね。ひと皮むけたって感じで」

「は、はぁ？　誰がかわいいなんて言ったんだよっ」

「照れない照れない。素直じゃないなぁ」

「うっせーよ、バーカ」

なぜかムキになりながら悪態をつく怜くん。

リンゴみたいにまっ赤になりながら、さらにプイと背中を向けられた。

やっぱり……かわいくないよね。

そうだよね。

怜くんは瞳ちゃんが好きなんだもん。

「怜くん、昨日はありがとう。お母さんと話せたよ。ちゃんとわかってもらえたから」

うしろ姿の怜くんに向かってにっこり微笑む。

すると、その背中が振り向いた。

なぜかムッと唇をとがらせてスネたような目つき。

「……よかったな」

「あ、うん。怜くんのおかげだよ、ありがとう」

「べつに……俺はなんもしてねーし」

「ううん、うれしかったよ。怜くんは、初めて私を認めてくれた人だから感謝してる」

「んなことねーって……言ってんだろ」

下から見上げる怜くんの顔はカッコよすぎてドキドキした。

でも、ちゃんと目を見て伝えたかった。

もう状況に流されるだけの、なにも言えない私とは違う、変わりたいって思ったから。

「また……困ったことがあったら言えよな。力になってやるから」

「い、いいの？」

まだ友達だと思ってくれるの？

「俺は嫌だなんて一言も言ってねーだろ」

「あ、そうだね」

怜くんの幸せを願って遠ざけたのは私で、全部私が望んだこと。

でも、もうそんな弱気な自分でいることはやめる。

メイド役もがんばらなきゃ。

「怜ー、ちょっとこっち来て」

「なんだよ？」

「いいから早くしろって。まっちゃんが髪の毛セットしてやるって」

「だりいな」

そう言いながらも、怜くんは男子の輪の中へ行こうとする。

「あ、そうだ」

だけど途中で振り返り、思い出したように口を開いた。

ん？

どうしたのだろう。

首をかしげる私に向かって、怜くんは自分の髪をクシャリとかきまわしてそっぽを向く。

でも、チラリとこっちを見て——。

「その格好、すっげー似合ってる」

そう言って、照れたようにはにかんだ。

その笑顔にドキッとして、とたんに胸が熱くなる。

怜くんのその笑顔が大好きだって、改めて思わされた。

やっぱり……好き。

大好き。

もう、どうしようもないくらい。

怜くんの背中を見つめながら、胸がキューッと痛んだ。

それからすぐに開店前の準備に取りかかり、怜くんのことを考える間もないほどあわただしくなった。

「雪村さん、次これお願い！」

「はーい！」

男子のお客さんには基本的にメイドが、女子のお客さんには執事が接客につくことになっていて。

うちのクラスは人気者の男子が多いせいか、女子のお客さんが多い。

「三沢くんが女子にモテてるー！　心配だな」

なんて瞳ちゃんがグチをこぼすほど、三沢くん人気はすごい。

さっきから一緒に写真を撮ってほしいと頼まれたり、話しかけられたりしている。

断らずに明るくにこやかに対応するから、どんどん女子が押しよせてくるんだ。

そのおかげでうちの喫茶店は繁盛してるわけだけど、瞳ちゃんの気持ちは複雑だよね。

「もう絶対今日告白してやるー！　好きな人がいてもいいって、今なら思える。フラれても好きなんだもん。とことん好きでいるよ」

なにかが吹っきれたような、スッキリした表情で笑う瞳ちゃん。

「うん、応援してるからがんばってね！　じゃあこれ運んでくるから」

手にしていた飲み物を、お客さんのもとへ運ぶ。

今日は一般公開の日で、私服で来ている人もたくさんいる。

男の子同士のグループや女の子同士のグループ、保護者や、おじいちゃんおばあちゃんまで。

飲み物を運びおえた時、私服姿の男子が入ってきた。

「いらっしゃいま……」

「あ、雪村さんだ」

そこまで言いかけた時、向こうが口を開いた。

「は、長谷部くん！」

どうして、ここに？

「久しぶりだね」

ビックリしている私をよそに、長谷部くんはにっこり笑った。

相変わらず爽やかな笑顔。

「う、うん」

あれ以来会っていないから、なんだか気まずい。

なにを話せばいいのかな。連れがいないところを見ると、ひとりで来たようだ。

周りのメイドの女子たちも、長谷部くんを見て「誰？」なんて言っている。

背が高くて小顔だし、目立つのもムリはない。

「まだ俺と付き合ってくれる気にならない？」

笑顔でサラッとそんなことを言いはなつ長谷部くん。

その言葉は周りにいた人たちにも聞こえたようで、女子たちが騒ぎだした。

「きゃー、なになに？　どういうこと？」

「雪村さんのことが好きなんですか？」

「うん、そうだよ。でも、なかなか付き合ってくれなくて」

「は、長谷部くん……！　困るよ、みんなの前で」

なにを言いだすのー？

恥ずかしいじゃん。

「こんなイケメンに告白されるなんて、うらやましい！」

「私なら即オッケーなんだけど！　どうして付き合わないの？」

「俺も聞きたいくらいだよ」

空気が読めないのか、わざとなのか、長谷部くんは私を困らせることばかり言う。

いったい、どういうつもりなんだろう。

「きゃー、咲花ちゃんの彼氏？　超イケメンじゃん！」

裏方の前野さんが騒ぎに気づいてやってきて、ひときわ大きな声をだした。

「どうもどうも」

なんて言いながら長谷部くんも乗ってるし、ほんとにやめていただきたい。

「え、雪村の彼氏？」

「マジで？　彼氏いたんだ？　うわ、レベル高っ」

なぜか彼氏と勘違いされたまま、話がどんどん広がっていく。

「お似合いだよね。美男美女カップルって感じ！」

「ち、違うよ、そんなんじゃない」

「照れなくてもいいじゃん。こんなにイケメンな彼氏なんだから！」

否定しても信じてもらえなくて、しまいにはクラス中から冷やかされた。

「咲花ちゃん、そろそろ交代の時間でしょ？　ふたりでゆっくり回ってきなよ」

おせっかいな前野さんは、気を遣ったつもりなのかそんなことを言いだした。

クラス中にそんなムードが全開で、否定しても逆効果になるばかり。

結局、なかば強引に教室から追いだされてしまった。

教室を出る時、振り返ると怜くんと目が合って。

どういうわけか、怜くんはとても傷ついたような表情を浮かべていた。

「ごめんな、こんなことになって」

「悪いと思ってないでしょ？」

「はは、そんなことないよ」

「……………」

ニコニコ顔を浮かべる長谷部くんに、反省の色はまったく見えない。

むしろこの状況を楽しんでいるかのよう。

「長谷部くん、私」

「せっかくみんなが一緒に回れって言ってくれたわけだし、とりあえず今は楽しむってことでどう？　話があるなら、ひととおり楽しんだあとで聞くよ」

私がなにを言おうとしたのかを悟ったのか、視線を下げながら小さくはにかんだ。

どことなく傷ついているようにも見えて、それ以上はなにも言えず、ひとまず一緒に見てまわることにする。

「雪村さんは、どっか見たいとこある？」

さっき……怜くんはなんであんな顔をしてたんだろう。

気になって仕方ない。

長谷部くんといるのに、考えるのは怜くんのことばかり。

「雪村さん、焼きそば食べる？」

「え？　あ……」

いけない、長谷部くんの話を聞いてなかった。

せっかく一緒にいるのに、ちゃんとしなきゃ。

それにしても。

今になって気づいたけれど、さっきから男子の視線が痛い。

すれ違う人から、高確率で見られているし。

勢いあまってメイド服のままで出てきちゃったせいだ。

うう、恥ずかしい。

焼きそばを買ってふたりでテーブルについて食べた。

そのあとチョコバナナを食べたり、美術部の絵を観にいったりして、気がつくとすっかり時間が経っていた。

つまらないわけじゃない。

でも、長谷部くんといて心から楽しめていない私がいる。

そろそろ教室に戻りたいんだけど、ダメかなぁ。

「へえ、告白大会なんてあるんだ。面白そう」

パンフレットを見ながら、長谷部くんが目を輝かせる。

そういえば、エントリーはもう締めきられたはず。

告白大会への当選者にはメッセージが来ることになっているんだっけ。

そのメッセージにいろいろ詳細が書いてあるらしい。

スマホ……！

教室のカバンの中だよ。

「ごめん、長谷部くん。私、教室に戻らなきゃ」

「告白大会のぞいてみる？」

「え？　なんかあるの？」

「あ、えっと。その告白大会にエントリーしてるの。私、怜くんのことが好きなんだ。今まで言えなくてごめんね」

緊張して手が震えた。

一瞬で気まずい空気に変わって、罪悪感が芽生える。

でも、もうこれ以上ウソはつけない。

はっきりさせなきゃいけないから。

「そういうことだから、長谷部くんとは付き合えません。ごめんなさい」

深々と頭を下げる。

私にできることは、これくらいしかないから。

「そっ、か。本気、なんだな」

「うん。本気、だよ。ほんとにごめんね……ありがとう」

「雪村さんが謝ることないよ。強引すぎた俺のほうが悪かったと思ってる。なんとしてでも振り向いてもらいたかったんだ」

「ごめん、なさい……」

長谷部くんの気持ちは、ちゃんと胸にしまっておくよ。

「や、いいって。そんなに謝られると、逆にきつい。まだ心からはムリだけど、応援してる」

傷ついているはずなのに、やっぱり長谷部くんは最後まで笑顔だった。

「あり、がとう」

こんな私をここまで想ってくれて、うれしかった。

忘れないよ、長谷部くんのこと。

「ごめんね、じゃあ行くから！」

そのままの格好で勢いよく駆けだす。

教室にたどり着いた時には、喫茶店はすでに終わっていた。

時刻は十五時二十分。

急いで自分のカバンからスマホをだしてメッセージを確認した。

だけど、届いていたのは瞳ちゃんからのメッセージだけ。

『どこにいるの？　大丈夫？』

抽選に外れちゃったってことか。

高揚していた気持ちが一気にしぼんでいく。

告白のチャンスだと思ったのに。

「あ、咲花ちゃん！　どこ行ってたの？　探したんだよ」

息を切らした瞳ちゃんが私のそばまでやってきた。

教室に怜くんの姿はなく、三沢くんも見当たらない。

「ごめんね、いろいろあって。それより、瞳ちゃんは当選メッセージ来た？」

「ううん、それが外れちゃったみたいで」

「私もだよ」

「なんだぁ。いないから、てっきり当選したのかと思ったよ。咲花ちゃんが出ていってから、怜くんの姿も見当たらないし」

「そうなの？」

「咲花ちゃんを奪い返しにいったんじゃないかと思ったけど、違ったんだね」

う、奪い返しにって……。

瞳ちゃんはやっぱり、まだなにかを勘違いしている。

「告白大会には外れちゃったけど、私は告白するつもりだから。行ってくるね！」

「え？　今から？」

「うん！　フラれてもいいっていう気持ちでがんばってくる！」
強いな、瞳ちゃんは。
すごいよ。
私は告白大会に外れて、正直迷っているのに。
瞳ちゃんを送りだし、どうしようかと頭を悩ませる。
とりあえず、着替えようかな。
――ピンポンパンポーン
『お知らせします。一年の雪村咲花さん、至急生徒会室まで来てください』
え……？
今、私の名前が呼ばれた？
フルネームだったよね。
「咲花ちゃん、呼ばれてるよ」
クラスメイトの子にも言われて、再認識させられる。
やっぱり、私のことだよね。
至急だって言ってたし、とりあえず行かなきゃ。
着替える間もなく教室を出て、生徒会室へ。
――コンコン

「失礼、します」

おそるおそるドアを開けて中をのぞく。

すると、そこには生徒会の人たちがいた。

いったい、なに？

どうして呼ばれたの？

「あなたが雪村さん？」

先輩である生徒会長が優しく微笑む。

「あ、はい」

「エントリー用紙の連絡先がまちがってて、メッセージを送れなかったの。当選おめでとう」

「えっ？」

そう、だったんだ。

ってことは、告白するんだよね？

みんなの前で。

「告白相手は今日学校に来てる？」

「あ、はい」

「じゃあ十六時までに体育館に来てもらえるように、お願いしておいてね」

「わかり、ました」

一気に緊張感が増してドキドキしはじめる。

告白……するんだ。

ほんとに。

だけど、怜くんはどこにいるんだろう。

十六時までって、あと二十分しかないじゃん。

怜くんを探すために大急ぎで生徒会室をあとにする。

教室にはいなかったけれど、ほかに怜くんが行きそうな場所が思いつかない。

体育館をのぞいてみたけど、怜くんらしき人は見当たらなかった。

念のために教室に戻ってもう一度確認する。

「はぁはぁ……」

全力疾走《しっそう》したせいで、息が切れて足がだるい。

「み、三沢くん……！　怜くん、どこにいるか知ってる？」

「怜？　さぁ、気づいたらいなくなってたからなぁ」

いつも一緒にいる三沢くんも知らないとなると、ますますどこに行ったのかわからない。

「わかった、ありがとう！　もし見かけたら、体育館に来てほしいって伝えてもらえるかな？」

「ラジャー！」

再び教室を出て怜くんを探した。

だけどどこにも見当たらなくて、タイムリミットは刻々と迫っている。

ど、どうしよう。

このまま見つからなかったら、どうなるのだろう。

告白できないまま終わるのかな。

ギリギリまで探したけれど、結局怜くんの姿はどこにもなかった。

もしかして、もう帰っちゃった？

落ち込みながら体育館へ行くと、すでに告白大会ははじまっていた。

スマホから怜くんの連絡先を開いてメッセージを送ったけど、いまだに既読がつかないってことはなにかしてるのかな。

チラチラとスマホを気にしつつ、告白がうまくいって盛りあがる体育館内に拍手を送る。

相手がまだ見つかっていないことを伝えると、順番をあと回しにしてくれた。

「一年生の雪村咲花さん。では、ステージへどうぞ」

えっ？

あれ？

私の順番、あと回しになったんだよね？

疑問を感じながら体育館のステージを見つめる。

意味がわからなくて、呆気《あっけ》にとられてしまった。

「雪村さん、いませんか？」

「い、います！　ここです！」

「では、こちらへどうぞ」

「で、でも……」

怜くんがまだ来てないんですけど。

とまどっていると、生徒会長が「いいからおいで」と手招きした。

興奮が最高潮に達するなかで、ゆっくりステージへと向かう。

ど、どうしよう……。

緊張感がハンパない。

さっきまではやる気だったけど、いざ本番になると全然ダメだ。

大勢の前でなんて、やっぱりムリだよ。

まともに前を向くことさえできず、軽くうつむく。

「えー、実はですねー」

すると司会の人が話しだした。

「雪村さんに告白したいっていう人がいるんです」

えっ？

私に、告白……？

「では、ステージへどうぞ」

司会の人がそう言うと、体育館内は一気に静まり返った。

なんとも言えない空気が流れて、どこから現れるかわからない人にドキドキが増していく。

そんななか、足音が聞こえて誰かがステージへ上がってきた。

う、そ。

信じられない気持ちでその光景を見つめる。

だって……なんで？

どうして、怜くんが？

頭の中がパニックになってなにも考えられない。

「彼は同じく一年生の羽山怜くんですー！　雪村さんに大切なお話があるそうですよ」

話……？

告白……ではない、よね。

だって怜くんは瞳ちゃんのことが好きなわけで、私のことなんてなんとも思っていないはず。

そう、なんとも。

じゃあほかになんの話があるっていうの？

「それでは羽山くん、よろしくお願いします」

マイクを手渡され、それを口に当てる怜くん。

こんな目立つこと絶対に嫌だと思うはずなのに、どうして？

わけがわからないよ。

「あー……その、緊張してなんて言っていいかわかんねーけど。やっぱり、覚悟決めようって」

怜くんの声が震えているのは気のせいかな。

顔が赤いのは、私の見まちがいじゃない？

「俺は……ずっと前から、お前だけ」

こうして怜くんが私の目の前にいるなんて、いまだに信じられない。

「咲花のことしか見てなかった」

ねぇ、ウソでしょ？

なにかの冗談なんだよね？

だって……信じられないよ、なにもかも。

「好きだ」

心臓がなにかで射抜かれたようにドキンと響いた。

それと同時に体育館内に歓声が上がる。
ウ、ソ。
怜くんが……私を、好きだなんて。

「瞳と俺は、ただのいとこだし、だから応援された時はすっげーショックだった」

いとこ……？

つきつけられる新事実に頭がついていかない。

「俺が好きなのは、お前だけだから。ほかの誰もいらねー。だから、俺と付き合ってほしいんだけど」

「……っ」

待って、頭が追いつかない。

だって……だって。

私が告白しようって、そう思っていたのに。

それでフラれるって、そう思ってたんだよ。

それなのに、こんなのずるい。

「男らしくて潔《いさぎよ》い告白でしたねー！　では、雪村さん、お返事を聞かせてください！」

司会の人にマイクを向けられた。

でも、だけど。

「あ、頭がまっ白で……」

なにをどう答えていいのかわからないよ。

ドキンドキンと鼓動がうるさい。

顔だってまっ赤だ。

ど、どうしよう。

なんて言えばいいの。

公衆の面前で返事をするなんて、恥ずかしすぎるよ。

「困らせて悪いとは思ってる。けど、咲花の本音が聞きたい」

「……好き」

「え？」

「わ、私も……怜くんのことが、好き」

言った。

言ってしまった。

口にだしたとたん、膝がガクガク震えて、ヘンな汗が背筋を伝った。

「は？　え、マジ、で？」

信じられないというように目を見開く怜くん。

「クールでぶっきらぼうに見えて実は優しいところとか、ありのままの私を認めてくれたところとか。き、気づいたら、いつの間にか好きになってたの……」

恥ずかしすぎるけど、ちゃんと本心を伝えたい。

「冗談、だろ？……長谷部のことが好きなんじゃねーのかよ」

「長谷部くんは、ちゃんと断ったから」

落ち着け、私。

もう一度、ちゃんと伝えよう。

「私が好きなのは、怜くんだよ」

そう言うと、怜くんは唇を噛みしめてうつむいてしまった。

しばらくしてチラッと顔を上げて、私にだけわかるような小声で囁く。

「マジで……うれしい」

はにかんだような表情にドキッとして、私もまっ赤。

もうどうなってもいいっていうくらい……幸せ。

「ということは、雪村さんの返事はオッケーってことでいいですか？」

「……はい」

司会の人の言葉に、小さくうなずく。

「はーい、ということでカップル成立となりましたー！　実はですね、このふたりはエントリー用紙にお互いの名前を記入していまして。ふたりとも当選されたわけですね。相思相愛《そうしそうあい》で、いつまでもラブラブでいてくださーい！」

ワァッと歓声と拍手がわきおこり、私たちはステージをあとにする。

なんとなく体育館にはいづらくて、その足で人気のない中庭へと移動する。

お互い無言でなにも話さず、ただ気まずい沈黙だけが流れる。


「マジでいいのかよ？」

「へっ？」

「俺でいいのかって」

「う……うん！　怜くんが、いい」

「俺、結構独占欲強いし」

カサッと落ち葉を踏む音と同時に、手をギュッと握られる。

至近距離に見える怜くんの顔に、ドキドキが止まらない。

ゴツゴツした大きな手に包まれていると、恥ずかしいけど、どことなく安心する。

やっぱり、一緒にいるとすごく居心地がいい。

「嫉妬するかもしんねーけど」

「怜くんじゃなきゃ、ダメなの」

この先もずっと一緒にいたいから——。

「怜くんの彼女にしてください」

ペコッと頭を下げてみせる。

すると、手を強引に引っぱられた。

「きゃあ」

背中に回された腕が、力強く身体全体を包みこむ。

「俺も咲花が好きだ。ずっとずっと、好きだった」

耳もとで囁かれる言葉に、優しさがじんわり広がっていく。

ねぇ、好きだよ。

「咲花の彼氏になりたい」

「……うん」

私も怜くんしかいらない。

同じように怜くんの背中にギュッと腕を回す。

すると、怜くんは私の肩をつかんで上半身を引きはなした。

上から浴びせられる熱を帯びた視線。

色っぽい怜くんの表情に背筋がゾクゾクした。

少しずつゆっくりと顔が近づいてきて、唇が重なる。

――ドキン
キスしてるんだと認識した時には、すでに唇が離れたあとだった。

「これから先、絶対離さねーから」

「わ、私もだよ。怜くんから離れないからね」

だから、ずっとずっと一緒にいよう。

クールな怜くんが大好きです。

fin.

あとがき

こんにちは、miNatoです。

まず初めに『ずっと前から、お前だけ。』を手にしてくださり、ありがとうございます。

野いちご文庫から二冊目の書籍化ということでとても嬉しく思います。

それも全部応援してくださっている読者様のおかげです。

本当にいつもありがとうございます！


さてさて、今回のお話はいかがでしたでしょうか？

二人は本当に焦れったくて、すれちがいの連続でした。書いた私ですら、早くくっつかないかなぁと感じるほどに。

初恋のドキドキや切なさなど、たくさん詰め込んで書いたつもりです。

だけど私自身学生時代って何年前だっけ？という感じで、恋をした時の初々しい感情を忘れつつあります。でもやっぱり初恋は特別ですね。

初めて恋をしたのは小学生の時だったんですが、今でもあの時のドキドキや嬉しかったことなどはっきり覚えています。

それほど初恋ってインパクトがあるというか、初めての感情に戸惑っていたのだと思います。

皆さんの初恋はどうでしたか？

あるいは今現在進行中の人もいるかと思います。

今はつらくても、苦しくても、大人になった時に振り返ってみると、いい経験だったなぁと思えることもあります。

学生の時の恋って、大人になってからする恋とはまた違うんですよね。

今の自分の気持ちや想いを大切にして、精いっぱい楽しんで恋をしてくださいね！

皆さまの想いが相手に届くよう、遠くから応援しています。

最後になりましたが、この本の出版に携わって下さった担当の長井さん、そしてスターツ出版の皆さま、本当にありがとうございました。

そしてここまで読んでくださった読者の皆さまに、心より感謝いたします。

二〇一八年三月二十五日
miNato

この物語はフィクションです。実在の人物、団体等とは一切関係がありません。

miNato先生への
ファンレター宛先

〒104-0031 東京都中央区京橋1-3-1 八重洲口大栄ビル7F
スターツ出版（株） 書籍編集部気付 miNato先生

ずっと前から、お前だけ。

2018年3月25日 初版第1刷発行
2020年4月13日 第3刷発行

著 者 miNato

発行人 菊地修一

イラスト 池田春香

デザイン 齋藤知恵子

DTP 朝日メディアインターナショナル株式会社

編集 長井泉

編集協力 ミケハラ編集室

発行所 スターツ出版株式会社
〒104-0031
東京都中央区京橋1-3-1 八重洲口大栄ビル7F
出版マーケティンググループ TEL 03-6202-0386
（ご注文等に関するお問い合わせ）
https://starts-pub.jp/

印刷所 共同印刷株式会社
Printed in Japan

ISBN 978-4-8137-0428-7 C0193